畢璞全集・散文・三

春花與春樹

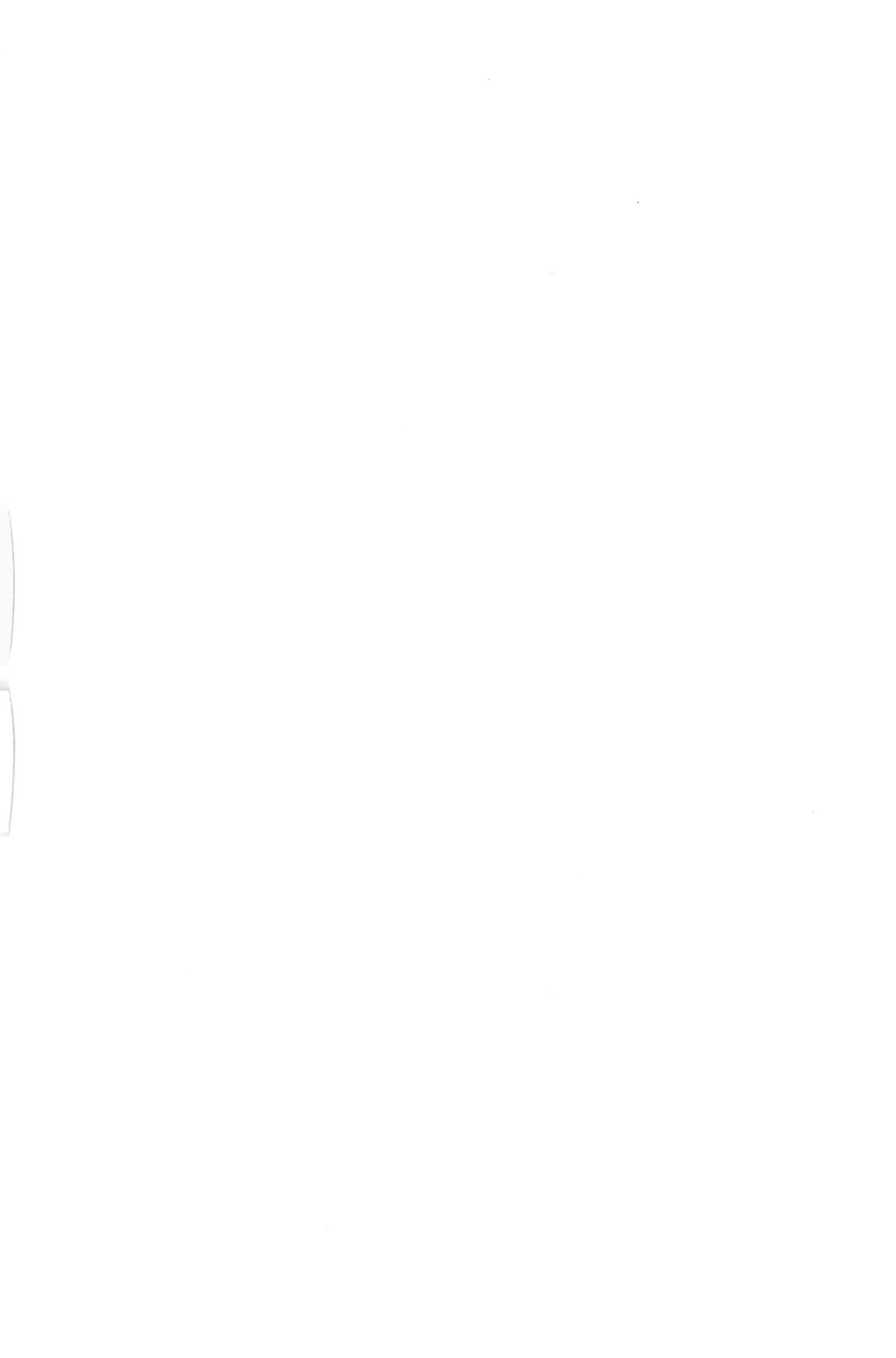

【推薦序一】

老樹春深更著花

封德屏

一九八六年四月，畢璞應《文訊》雜誌「筆墨生涯」專欄邀稿，發表〈三種境界〉一文，她在文末寫道：

這種職業很適合我這類沉默、內向、不善逢迎、不擅交際的書呆子型人物，我很高興我當年選擇了它。我既沒有後悔自己走上寫作這條路，又說過它是一種永遠不必退休的行業；那麼，看樣子，我是注定了此生還是要與筆墨為伍了。

畢璞自知甚深，更有定力付之行動，近三十年來她持續創作，陸續出版了數本散文、小說、自選集；三年前，為了迎接將臨的「九十大壽」，她整理近年發表的文章，出版了散文集

《老來可喜》。年過九十後，創作速度放緩，但不曾停筆。二〇〇九年元月《文訊》創辦的「銀光副刊」，至今刊登畢璞十二篇文章，上個月（二〇一四年十一月），她在「銀光副刊」發表了短篇小說〈生日快樂〉，此外，也仍偶有文章發表於《中華日報》副刊。畢璞用堅毅無悔的態度和纍纍的創作成果，結下她一生和筆墨的不解之緣。

一九四三年畢璞就發表了第一篇作品，五〇年代持續創作，創作出版的高峰集中在六〇、七〇年代。一九六八年到一九七九年是她作品的豐收期，這段時間有時一年出版三、四本，甚至五本。早些年，她是編寫雙棲的女作家，曾主編《大華晚報》家庭版、《公論報》副刊、《徵信新聞報》家庭版，並擔任《婦友月刊》總編輯，八〇年代退休後，算是全心歸回到自適自在的寫作生涯。

真摯與坦誠是畢璞作品的一貫風格。散文以抒情為主，用樸實無華的筆調去謳歌自然，讚頌生命；小說題材則著重家庭倫理、婚姻愛情。中年以後作品也側重理性思考與社會現象觀察。畢璞曾自言寫作不喜譁眾取寵、不造新僻字眼，強調要「有感而發」，絕不勉強造作。

畢璞生性恬淡，除了抗戰時逃難的日子，以及一九四九年渡海來台的一段艱苦歲月外，自認大半生風平浪靜。「淡泊名利，寧靜無為」是她的人生觀，讓她看待一切都怡然自得。雖然前後在報紙雜誌社等媒體工作多年，一九五五年也參加了「中國婦女寫作協會」，可能如她自己所言「個性沉默、內向，不擅交際」，多年來很少現身文壇活動。像她這樣一心執著於創作的人和其作品，在重視個人包裝、形象塑造，充斥各種行銷手法的出版紅海中，很容易會被湮沒遺忘。

然而，這位創作廣跨小說、散文、傳記、翻譯、兒童文學各領域，筆耕不輟達七十餘年的資深作家，冷月孤星，懸長空夜幕，環視今之文壇，可說是鳳毛麟角，珍稀罕見。在人們華服高軒、闊論清議之際，九三高齡的她，老樹春深更著花，一如往昔，正俯首案頭，筆尖不斷流淌出款款深情，如涓涓流水，在源遠流長的廣域，點點滴滴灌溉著每一寸土地。

感謝秀威資訊科技股份有限公司，在文學出版業益顯艱辛的此刻，奮力完成「畢璞全集」二十七冊的巨大工程。不但讓老讀者有「喜見故人」的驚奇感動，也讓年輕一代的讀者，有機會可以在快樂賞讀中，認識畢璞及其作品全貌。我們也希望透過文學經典這樣的再現與傳承，向這位永遠堅持創作的作家，表達我們由衷的尊崇與感謝之意。

民國一〇三年十二月

（封德屏：現任文訊雜誌社社長兼總編輯、台灣文學發展基金會執行長、紀州庵文學森林館長。）

【推薦序二】

老來可喜話畢璞

吳宏一

一

上星期二（十月七日），我有事到《文訊》辦公室去。事畢，封德屏社長邀我去參觀她們蒐集珍藏的期刊。看到很多民國五、六十年前後風行文壇的文藝刊物，目前多已停刊，不勝嗟嘆。《暢流》、《自由青年》、《文星》等我投過搞、發表過創作的刊物不說，連一些當時發行不廣的小刊物，她們也多有蒐集。其用心之專、致力之勤，實在不能不令人讚嘆。於是我向她提起我高中以迄大學時期文學起步的一些往事，中間提到若干文藝刊物和若干文壇前輩對我的鼓勵和影響。其中特別提到我大學一年級，民國五十年的秋天，剛進入台大中文系讀書時所認識的一些前輩先進。像當時住在濟南路的紀弦，住在廈門街的余光中，住在南昌街菸酒公賣局宿舍的羅悟緣，住在安東市場旁的羅門、蓉子……我都曾經一一去走訪，謝謝他們採用或推薦過我的作品。過程歷歷在目，至今仍記憶猶新。比較特別的是，去新生南路夜訪覃子豪時，還遇見過魏子雲；去峨嵋街救國團舊址見程抱南、鄧禹平時，還順道去《公論報》探訪副刊主編畢璞……。

一提到畢璞，德屏立即接了話，說「畢璞全集」目前正編印中，問我願不願意為她「全集」寫個序言。我答：寫序不敢，但對我文學起步時曾經鼓勵或提攜過我的前輩，我非常樂意寫紀念性的文字。不過，我也同時表示，我與畢璞五十多年來，畢竟才見過兩三次面，她的作品我讀得並不多，要寫也得再讀讀她的生平著作，而且也要她還記得我，對往事有些共同的記憶才好。所以我建議，請德屏代問畢璞兩件事：一是她記不記得在我大一下學期（民國五十一年春），她和另一位女作家到台大校園參觀之事；二是她在主編《婦友》月刊期間，記不記得曾經約我寫過詩歌專欄。

德屏說好。第二日早上十點左右，畢璞來了電話，客氣寒暄之後，告訴我：她記得她和鍾麗珠早年曾到台大校園和我見過面，但對於《婦友》約我寫專欄之事，則毫無印象。她知道我沒有讀過她的作品集，說要寄兩三本來，又知道我怕她年老行動不便，改口說，要不然，幾天內如果我能抽空，就煩請德屏陪我去內湖看她，由她當面交給我，同時可以敘敘舊、聊聊天。

我當然贊成。我已退休，時間容易調配，只不知德屏事務繁忙，能不能抽出空暇。想不到與德屏聯絡後，當天下午，就由《文訊》編輯吳穎萍小姐聯絡好，約定十月十日下午三點一起去見畢璞。

二

十月十日國慶節，下午三點不到，我就如約搭文湖線捷運到葫洲站一號出口等。不久，德屏與穎萍來了。德屏領先，走幾分鐘路，到康寧老人安養中心去見畢璞。途中德屏說，畢璞雖然年逾九旬，行動有些不便，但能以歡樂的心情迎接老年，不與兒孫合住公寓，怕給家人帶來不便，所以獨居於此，雇請菲傭照顧，生活非常安適。我聽了，心裡也開始安適起來，覺得她是一個慈藹安詳而有智慧的長者。

見面之後，我更覺安適了。記得我第一次見到畢璞，是民國五十年的秋冬之際，在西門町附近康定路的一棟木造宿舍裡，居室比較狹窄；畢璞當時雖然親切招待，但總顯得態度拘謹。相隔五十三年，畢璞現在看起來，腰背有點彎駝，耳目有些不濟，但行動尚稱自如，面容聲音卻似乎數十年如一日，沒有什麼明顯的變化。如果要說有變化，那就是變得更樸實自然，沒有絲毫的窘迫拘謹之感。

由於德屏的善於營造氣氛、穿針引線，由於穎萍的沉默嫻靜，只做一個忠實的旁聽者，那天下午，我和畢璞有說有笑，談了不少往事，讓我恍如回到五十三年前的青春年代。那時候，我才十八歲，剛考上台大中文系，剛到陌生而充滿新鮮感的臺北，常投稿報刊雜誌，常拜訪前輩作家。有一天，我到西門町峨嵋街救國團去領新詩比賽得獎的獎金，順道去附近的《聯合報》和《公論報》社。我到《公論報》社問起副刊主編畢璞，說明我常有作品發表，就有人給了我她家的住址。距離報社不遠，在成都路、西門國小附近。那時候我年輕不懂事，大家也少用電話，所以就直接登門造訪了。見面時談話不多，記憶中，畢璞說過她先生也在《公論報》上班，她如何編副刊，還有她兒子正讀師大附中，希望將來也能考上台大等。辭別時，畢璞說了一句，聽說台大校園春天杜鵑花開得很盛很好看。我謹記這句話，所以第二年的春天，投稿信中附帶留言，歡迎她跟朋友來台大校園玩。就因為這樣，畢璞和鍾麗珠在民國五十一年的春季，相偕來參觀台大校園。

確切的日期記不得了。畢璞說連哪一年她都不能確定。我翻開我隨身帶來送她的光啟版散文集《微波集》，指著一篇〈鄉愁〉後面標明的出處，民國五十一年四月二十七日發表於《公論副刊》。經此指認，畢璞稱讚我的記性和細心，而且她竟然也記起了當天逛傅園後，我請她們到福利社吃牛奶雪糕的往事。

很多人都說我記憶力強，但其實也常有模糊或疏忽之處。例如那一天下午談話當中，我提起雨中路過杭州南路巧遇《自由青年》主編呂天行，以及多年後我在西門町日新歌廳前再遇見他，聽他告訴我「驚天大祕密」的時候，確實的街道名稱，我就說得不清不楚，更糟糕的是，畢璞再次提起她主編《婦友》月刊的期間，真不記得邀我寫過專欄。一時間，我真無辭以對。當事人都這麼說了，我該怎麼解釋才好呢？好在我們在談話間，曾提及王璞、呼嘯等人，似乎又給了我重拾記憶的契機。

我私下告訴德屏，《婦友》確實有我寫過的詩歌專欄，雖然事忙只寫了幾期，但這些文章後來都曾收入我的《先秦文學導讀・詩辭歌賦》和《從詩歌史的觀點選讀古詩》等書中，白紙黑字，騙不了人的。會不會畢璞記錯，或如她所言不在她主編的期間別人約的稿呢？

那天晚上回家後，我開始查檢我舊書堆中的期刊，找不到《婦友》，卻找到了王璞主編的《新文藝》和呼嘯主編的《青年日報》副刊剪報。他們都曾約我寫過詩詞欣賞專欄，印象中有一個與《婦友》大約同時。尋檢結果，查出連載的時間，《新文藝》是民國七十一年，《青年日報》則是民國七十七年。到了十月十二日，再比對資料，我已經可以推定《婦友》刊登我詩歌專欄的時間，應該是在民國七十七年七、八月間。

十月十三日星期一中午，我打電話到《文訊》找德屏，她出差不在。我轉請秀卿代查，傍晚她回覆，已在《婦友》民國七十七年七月至十一月號，找到我所寫的〈古歌謠選講〉，當時的總編輯就是畢璞。事情至此告一段落。記憶中，是一次作家酒會邂逅時畢璞約我寫的。寫了幾期，因為事忙，又遇畢璞調離編務，所以專欄就停掉了。這本來就是小事一樁，無關宏旨，豁達的畢璞不會在乎這個的，只不過可以證明我也「老來可喜」，記憶尚可而已。

三

「老來可喜」，是畢璞當天送給我看的兩本書，其中一本散文集的書名，語出宋代詞人朱敦儒的〈念奴嬌〉詞。另外一本是短篇小說集，書名《有情世界》。根據書後所附的作品目錄，原來畢璞的作品集，已出三、四十本。她挑選這兩本送我看，應該有其用意吧。看《老來可喜》這本散文集，可知她的生平大概；看《有情世界》這本短篇小說集，則可知她的小說特色所在。初讀的印象，她的作品，無論是散文或小說，從來都不以技巧取勝，就像她的筆名一樣，是未經琢磨的玉石，內蘊光輝，表面卻樸實無華，然而在樸實無華之中，卻又表現出一個共同的主題。一言以蔽之，那就是「有情世界」。其中有親情、愛情、人情味以及生活中的情趣。因此，讀來特別溫馨感人，難怪我那罕讀文藝創作的妻子，也自稱是她的忠實讀者。

讀畢璞《老來可喜》這本散文集，可以從中窺見她早年生涯的若干側影，以及她自民國三十八年渡海來台以後的生活經歷。其中寫親情與友情，敘事中寓真情，雋永有味，誠摯而動人。寫懷才不遇的父親，寫遭逢離亂的家人，寫志趣相投的文友，娓娓道來，真是扣人心弦。

其中〈西門懷舊〉一篇，寫她康定路舊居的一些生活點滴，更讓我玩味再三。即使寫她身邊瑣事的小小感觸，寫愛書成癡，愛樂成癡，寫愛花愛樹，看山看天，也都能使我們讀者體會到「生命中偶得的美」，享受到「小小改變，大大歡樂」。「生命中偶得的美」和「小小改變，大大歡樂」，正是她文集中的篇名。我們還可以發現，身經離亂的畢璞，涉及對日抗戰、國共內戰的部分，著墨不多，多的是「此身雖在堪驚」，「老來可喜，是歷遍人間，諳知物外」。這也正是畢璞同一時代大多婦女作家的共同特色。

讀《有情世界》這本小說集，則可發現：畢璞散文中寫得比較少的愛情題材，都寫進小說裡了。畢璞說過，小說是她的最愛，因為可以滿足她的想像力。讀完這十六篇短篇小說，我們確實可以發現，她的小說採用寫實的手法，勾勒一些時代背景之外，重在探討人性，敘寫一些有情有義的故事。特別是愛情與親情之間的矛盾、衝突與和諧。小說中的人物和故事，有真有假，「真」的往往是根據她親身的經歷，「假」的是虛構，是運用想像，無中生有塑造出來的。她把它們揉合在一起，而且讓自己脫離現實世界，置身其中，成為小說中人。

因此，我讀畢璞的短篇小說，覺得有的近乎散文。尤其她寫的書中人物，大都是我們城鎮小市民日常身邊所見的男女老少，故事題材也大都是我們城鎮小市民幾十年來所共同面對的移民、出國、旅遊、探親等話題。或許可以這樣說，較之同時渡海來台的作家，畢璞寫的小說，罕有激情奇遇，缺少波瀾壯闊的場景，也沒有異乎尋常的角色，既沒有朱西甯、司馬中原筆下的鄉野氣息，也沒有白先勇筆下的沒落貴族，一切平平淡淡的，可是就在平淡之中，卻能給人親近溫馨之感。表面上看，她似乎不講求寫作技巧，但仔細觀察，她其實是寓絢爛於平淡。像〈生命共同體〉一篇，寫范士丹夫婦這對青梅竹馬的患難夫妻，到了老年還為要不要移民美國而引起衝突，高潮迭起，正不知作者要如何收場，這時卻見作者藉描寫范士丹的一些心理活動，利用廚房下麵一個小情節，就使小說有個圓滿的結局，而留有餘味。〈春夢無痕〉一篇，寫梅湘退休後，到香港旅遊，在半島酒店前香港文化中心，竟然遇見四十多年前四川求學時代的舊情人冠倫。四十多年來，由於人事變遷，兩岸隔絕，二人各自男婚女嫁，都已另組家庭，正不知作者要如何安排後來的情節發展，這時卻見作者利用梅湘的一段心理描寫，也就使小說有個出人意外而又合乎自然的結尾，不會予人突兀之感。這些例子，說明了作者並非不講表現藝術，只是她運用寫作技巧時，合乎自然，不見鑿痕而已。所以她的平淡自然，不只是平淡自然，而是別有繫人心處。

四

畢璞同時的新文藝作家，有三種人給我的印象特別深刻。一是軍中作家，以寫新詩和小說為主，強調創新和現代感；二是婦女作家，以寫散文為主，多藉身邊瑣事寫人間溫情；三是鄉土作家，以寫小說和遊記為主，反映鄉土意識與家國情懷。這是二十世紀五、六十年代前後臺灣新文藝發展史上的一大特色。這三類作家的風格，或宏壯，或優美，雖然成就不同，但套用王國維的話說，都自成高格，自有名句，境界雖有大小，卻不以是分優劣。因此有人嘲笑婦女作家多只能寫身邊瑣事和生活點滴，那是學文學的人不該有的外行話。

畢璞當然是所謂婦女作家，她寫的散文、小說，攏總說來，也果然多寫身邊瑣事，或者說，多藉身邊瑣事寫溫暖人間和有情世界。但她的眼中充滿愛，她的心中沒有恨，所以她的筆端流露出來的，每一篇作品都像春暉薰風，令人陶然欲醉；情感是真摯的，思想是健康的，真的適合所有不同階層的讀者。

一般而言，人老了，容易趨於保守，失之孤僻，可是畢璞到了老年，卻更開朗隨和，更為豁達，就像玉石，愈磨愈亮，愈有光輝。她特別欣賞宋代詞人朱敦儒的「老來可喜」那首〈念奴嬌〉詞。她很少全引，現在補錄如下：

老來可喜，是歷遍人間，諳知物外。
看透虛空，將恨海愁山，一時挼碎。
免被花迷，不為酒困，到處惺惺地。
飽來覓睡，睡起逢場作戲。

休說古往今來，乃翁心裡，沒許多般事。
也不蘄仙不佞佛，不學栖栖孔子。
懶共賢爭，從教他笑，如此只如此。
雜劇打了，戲衫脫與獃底。

朱敦儒由北宋入南宋，身經變亂，歷盡滄桑，到了晚年，勘破世態人情，不但主張不學栖栖皇皇的孔子，說什麼經世濟物，而且也認為道家說的成仙不死，佛家說的輪迴無生，都是虛妄的空談，不可採信。所以他自稱「乃翁」，說你老子懶與人爭，管它什麼古今是非，說人生在世，就像扮演一齣戲一樣，各演各的角色，逢場作戲可矣，何必惺惺作態，說什麼愁呀恨呀。一旦自己的戲份演完了，戲衫也就可以脫給別的傻瓜繼續去演了。這首詞表現的人生觀，雖然豁達，卻有些消極。這與畢璞的樂觀進取，對「有情世界」處處充滿關懷，是不相契的。我想畢璞喜愛它，應該只愛前面的幾句，所以她總不會引用全文，有斷章取義的意思吧。

畢璞《老來可喜》的自序中，說西方人把老年分成三個階段：從六十五歲到七十五歲是「初老」，從七十六歲到八十五歲是「老」，八十六歲以上是「老老」；又說「初老」的十年是人生最美好的黃金時期，不必每天按時上班，兒女都已長大離家，內外都沒有負擔，沒有工作壓力，智慧已經成熟，人生已有閱歷，身體健康也還可以，不妨與老伴去遊山玩水，或抽空去學習一些新知，以趕上時代。想做什麼就做什麼，豈非神仙一般。畢璞說得真好，我與內子現在正處於「初老」的神仙階段，也同樣覺得人間有情，處處充滿溫暖，這幾天讀畢璞的書，益發覺得「老來可喜」，可喜者三：老來讀畢璞《老來可喜》，一也；不久之後，可與老伴共讀「畢璞全集」，二也；從今立志寫自己不像傳記的傳記，彷彿回到自己的青春時期，三也。

民國一〇三年十月十五日初稿

（吳宏一：學者，作家，曾任臺灣大學中文系教授、香港中文大學中文系、香港城市大學中文、翻譯及語言學系講座教授，著有詩、散文、學術論著數十種。）

【自序】長溝流月去無聲——七十年筆墨生涯回顧

畢璞

「文書來生」這句話語意含糊，我始終不太明瞭它的真義。不過這卻是七十多年前一個相命師送給我的一句話。那次是母親找了一位相命師到家裡為全家人算命。我從小就反對迷信，痛恨怪力亂神，怎會相信相士的胡言呢？當時也許我年輕不懂，但他說我「文書來生」卻是貼切極了。果然，不久之後，我就開始走上爬格子之路，與書本筆墨結了不解緣，迄今七十年，此志不渝，也還不想放棄。

從童年開始我就是個小書迷。我的愛書，首先要感謝父親，他經常買書給我，從童話、兒童讀物到舊詩詞、新文藝等，讓我很早就從文字中認識這個花花世界。父親除了買書給我，還教我讀詩詞、對對聯、猜字謎等，可說是我在文學方面的啟蒙人。小學五年級時年輕的國文老師選了很多五四時代作家的作品給我們閱讀，欣賞多了，我對文學的愛好之心頓生，我的作文成績日進，得以經常「貼堂」（按：「貼堂」為粵語，即是把學生優良的作文、圖畫、勞作等掛在教室的牆壁上供同學們觀摩，以示鼓勵）。六年級時的國文老師是一位老學究，選了很多古文做教材，使我有機會汲取到不少古人的智慧與辭藻；這兩年的薰陶，我在不知不覺中變成了文學的死忠信徒。

上了初中，可以自己去逛書店了，當然大多數時間是看白書，有時也利用僅有的一點點零用錢去買書，以滿足自己的書癮。我看新文藝的散文、小說、翻譯小說、章回小說……簡直是博覽群書，卻生吞活剝，一知半解。初一下學期，學校舉行全校各年級作文比賽，小書迷的我得到了初一組的冠軍，獎品是一本書。同學們也送給我一個新綽號「大文豪」。上面提到高小時作文「貼堂」以及初一作文比賽第一名的事，無非是證明「小時了了，大未必佳」，更彰顯自己的不才。

高三時我曾經醞釀要寫一篇長篇小說，是關於浪子回頭的故事，可惜只開了個頭，後來便因戰亂而中斷，這是我除了繳交作文作業外，首次自己創作。

第一次正式對外投稿是民國三十二年在桂林。我把我們一家從澳門輾轉逃到粵西都城的艱辛歷程寫成一文，投寄《旅行雜誌》前身的《旅行便覽》，獲得刊出，信心大增，從此奠定了我一輩子的筆耕生涯。

來台以後，一則是為了興趣，一則也是為稻粱謀，我開始了我的爬格子歲月。早期以寫小說為主。那時年輕，喜歡幻想，想像力也豐富，覺得把一些虛構的人物（其實其中也有自己和身邊的人的影子）編出一則則不同的故事是一件很有趣的事。在這股原動力的推動下，從民國四十年左右寫到八十六年，除了不曾寫過長篇外（唉！宿願未償），我出版了兩本中篇小說、十四本短篇小說、兩本兒童故事。另外，我也寫散文、雜文、傳記，還翻譯過幾本英文小說。到民國一〇一年，我總共出版過四十種單行本，其中散文只有十二本，這當然是因為散文字數少，不容易結集成書之故。至於為什麼從民國八十六年之後我就沒有再寫小說，那是自覺年齡大了，想像力漸漸缺乏，對世間一切也逐漸看讀，心如止水，失去了編故事的浪漫情懷，就洗手不幹了。至於散文，是以我筆寫我心，心有所感，形之於筆墨，抒情遣性，樂事一樁也，為什麼放棄？因而不揣謭陋，堅持至今。慚愧的是，自始至終未能寫出一篇令自己滿意的作品。

為了全集的出版，我曾經花了不少時間把這批從民國四十五年到一百年間所出版的單行本四十種約略瀏覽了一遍，超過半世紀的時光，社會的變化何其的大：先看書本的外貌，從粗陋的印刷、拙劣的封面設計、錯誤百出的排字；到近年精美的包裝、新穎的編排，簡直是天淵之別。由此也可以看得出臺灣出版業的長足進步。再看書的內容：來台早期的懷鄉、對陌生土地的神奇感、言語不通的尷尬等；中期的孩子成長問題、留學潮、出國探親；到近期的移民、空巢期、第三代出生、親友相繼凋零……在在可以看得到歷史的脈絡，也等於半部臺灣現代史了。

坐在書桌前，看看案頭成堆成疊或新或舊的自己的作品，為之百感交集，真的是「長溝流月去無聲」，怎麼倏忽之間，七十年的「文書來生」歲月就像一把把細沙從我的指間偷偷溜走了呢？

本全集能夠順利出版，我首先要感謝秀威資訊科技股份有限公司宋政坤先生的玉成。特別感謝前台大中文系教授吳宏一先生、《文訊》雜誌社長兼總編輯封德屏女士慨允作序。更期待著讀者們不吝批評指教。

民國一〇三年十二月

目次

輯三 談文·論藝

輯四 親情・懷舊・記遊

輯一　抒情・詠物

人開桂花落，夜靜春山空。
月出驚山鳥，時鳴春磵中。

——王維

見山是山

近年來愛山愛得發狂，對山也有一份近乎膜拜的崇敬之情，這是以前所不曾有過的。

少年時代的我比較愛水，並非想做智者，可能是涓流不息的水比較配合年輕人活潑好動的性情之故。中年以後，卻漸漸喜愛起山岳來。當然也不敢自命為仁者，大概是到了這個年齡自然就會喜歡山的穩重與沉默吧？

我沒有穆罕默德「因為山不來就我，所以我要去就山」的豪情，雖然喜歡山，卻一點也沒有要山來就我的意思。我也不想去就山，更不想開門見山；只要天天可以看到環繞在這個城市四周的山，跟它們維持著淡淡的君子之交，就於願已足。

勿論是塵世的功名利祿，或者是上天恩賜的大自然美景，我都是個很容易滿足的人。牆頭的一小簇野菊，我會當成奇花異卉，欣賞半天；路旁一道比較清澈的溝渠，我可以把它當作流過原野上一道清可見底的小溪。幾聲蟲鳴，一陣鳥語，聽來都是天籟；一方草坪，幾棵綠樹，於我而言就是一個花園。我喜歡山，但是並不想攀上巔峯去征服它。山是那麼崇高、巍峨而峻峭，而人卻是如此卑微而渺小，偏偏想去高攀，難道不怕褻瀆？能夠時時看到青山，知道它們在陪伴著你，保護著你，難道這還不夠？

住在大都市裡的人是很難看得到山的。臺北雖是盆地，四周的山卻往往被那些林立的高樓遮擋著，幸虧我住在郊區，總算還有遠眺青山的機會。每天，我都要坐車經過中正橋兩次，在晴朗的日子裡，在橋之東，新店溪上游的遠山便歷歷在目。這些山都不高，不過倒也層巒聳翠，起伏有致。遠遠望去，山後有山，一山還有一山高，而山色卻因遠近而有所不同。最近的山是青綠色的，山上的一草一木都清晰如在目前；遠一點的山是墨綠色；再遠的是灰綠色；然後是更深的綠；最遠的便是一片淡淡的灰藍，與蒼穹合而為一，分不出是山是天了。

這種雄渾的美，大概只有用水墨畫才能表現出來，若用油畫，就嫌太濃濁。我常常會杞人憂天地想：大地上假使沒有山，而是一片平坦，那將是一個何等呆板而沒有變化的世界，詩人和畫家豈不是損失了無數吟詠和描繪的題材麼？

那幾座躺在大臺北的邊緣，貌不驚人、平平凡凡的山，雖則在假日裡也許會有不少愛好登山的人去就它們；可是，在這人人只知追逐名利的軟紅十丈中，又有誰會去注意這些「土饅頭」？而我，卻是以每天能夠遠眺青山為樂，一天兩次，坐車過橋的時間加起來也許只不過兩三分鐘，但那已成為我每天的快樂時刻之一。青山如有知，是否會引以為慰呢？

從前每讀前人看山的名句如李太白的「相看兩不厭，唯有敬亭山」；辛稼軒的「我見青山多嫵媚，料青山見我應如是」等，總覺得這些騷人墨客未免太自作多情。在山的面前，我們人類是渺小得連螻蟻都不如的，山的眼中那有我們的地位？自從愛上了山之後，便不自覺地也自作多情起來，每天只要癡癡地把山看上幾眼，似乎就會感到無上安慰。我跟李太白和辛稼軒不同的是，我看山，並不想山看我。我只是覺得：山的穩重、深沉、寬容、沉默，在在都足以為吾師罷！

一般對禪的境界能夠大徹大悟的人，往往經過了「見山是山，見水是水」；「見山不是山，見水不是水」這兩個階段；然後又回到「見山是山，見水是水」之境。只有癡愚如我，卻始終見山是山。山在我的眼裡永遠是山也永遠是千古屹立不移、令人尊崇膜拜的山，是絕對不會變的。

民國七十年《中央日報・副刊》

感懷篇

請不要忘了

跟一位旅居海外多年的朋友通信，我把近況約略告訴了她之後，又加上幾句：「總之，這些年來的生活，托大家的福，可以說得上是無可怨尤的了。」

朋友回信表示非常羨慕我們能在國內納福。她說她寄人籬下，精神上有說不出的痛苦，真希望有朝一日也能回國定居。同時，她更羨慕我們能以幾百元臺幣的票價聽得到英國皇家交響樂團的演奏。她說，在美國要聽一場高水準的音樂會，票價起碼要十幾元美元。

她去國日久，還不知道國內便宜的東西多著呢！寄一封信只要兩塊錢，一份報紙五元、一張公車票六元；一件絲質女襯衫才三百五十元；一百九十五元可以買一雙挺時髦的高跟涼鞋。……從前，世人都以香港為購物者的天堂；如今，來臺的香港觀光客都懂得到城中市場和愛群商場去採購價廉物美的衣物、首飾，甚至洋貨。

還有，家裡清出來過時的衣服沒有地方可送，因為人人都買得起新衣；黑白的電視機沒有人買，因為大家都買得起彩色的。滿街的計程車仍然供不應求；所有的餐廳飯館經常座無虛席。

的確，我的日子過得太舒適了，對目前這種幸福，我已感到非常滿足，而且長懷感謝之心，只不知是不是每個人的想法都跟我一樣。

也許從小就受了中國讀書人傳統思想的影響，我一向都是個自甘淡泊的人，塵世間的榮華富貴、花紅柳綠，都很少使我動心，即使動心，也不會想去獲得。加以這一輩子都過得風平浪靜，沒有吃過什麼苦，所以也就很少感到有所欠缺。

不過，這種滿足感並不完全是物質上的，要是精神上空虛、苦悶，再多的物質也無法填充、彌補。

我之所以時時感到幸福滿溢，主要還是精神上的豐盈生活：我可以自由地思想、寫作、讀書、旅行；我經常可以去聽音樂會、看畫展、影展。我過著無比充實的形而上的精神生活，我的心像浮雲一樣悠閒。人生至此，復有何求呢？

只是，朋友們，請不要忘了，我倆今天之所以有這樣的好日子過，該感謝誰呢？也請不要忘了，我們的國家仍然是處在一個風雨飄搖的局面中，可不要樂不思蜀，把杭州當作汴州啊！

第二故鄉

很少在晚上出去，偶然一個夜裡從永和坐車到臺北，過橋的時候，橋上、橋下眾多的輝煌燈火，看得我都傻了。

橋上兩側的欄干上，還有橋下兩側的練車場的螢光燈，像是串串珍珠，又像是點點螢火，發出冷冷的清光。水源路堤防上一長串黃色的路燈又像是顆顆琥珀，晶瑩、剔透，閃爍著鵝黃色的光芒，溫暖了路人的心坎。原來臺北的夜晚是如此的美，就算天上沒有星星，這樣的夜又何止一千隻眼睛呢？

這時，我才發覺我是多麼喜愛這個城市。這個我居住了三十二年，渡過了大半生的土地，我早就把她當作是我的第二故鄉了。從初抵達時的陌生、好奇、不習慣，以迄後來的熟悉、親近、習慣；我覺得自己已是個道道地地的臺北市人。我眼看著她從滿街日式平房和踢躂木屐聲的小城，蛻變成為高樓巨廈連雲起的現代都市，不禁有著「與有榮焉」之感。

儘管她還有許多髒亂和落後的死角，她的許多市民也不守公共秩序、沒有公德心；但是仍然減少不了我對她的依戀。也許，這就是一種「兒不嫌母醜」的心理。更何況，她的確有著許許多多可愛的地方。

有朝一日，當我離開臺北之後，我相信我一定會很懷念這個居留了三十多年的城市。我不但懷念中正橋上的燈光，我更懷念愛國東西兩路安全島上蒼勁茂密的行道樹、敦化南北路和仁愛路等幾條園林大道；富有鄉土氣息的萬華一帶的老屋；永和的豆漿店；士林、天母幽靜的街道；還有淡水河上的落日……。在我的一生中，從來沒有在一個城市居住過十年以上，因此我的家裡完全沒有任何地方色彩，自兒輩以下，都只說國語而不用方言。孩子們從小就自稱國語人，其實，他們生於斯，長於斯，臺北便是他們的故鄉，該稱為臺北人才對。而我們這一輩，來自廣大中國大陸而老於江湖的人士，三十二年海角棲遲，又怎能不對這片土地、這個城市發生情愫呢？我愛臺北，我愛我的第二故鄉。

民國七十年《中央日報・副刊》

春夜偶成

冷鋒的跫音

昨夜從音樂會裡回來，也不知道是由於美麗的音符一直在我的心胸中澎湃著，使得我過度興奮，還是不習慣夜遊，躺上床以後，竟然遲遲不能入睡。聽著客廳那座古老的德國鐘從十二下敲到三下，腦筋也越來越清醒。

在回家的路上時，天氣相當溫暖，微風不生，是個的春夜。上床後我起初蓋的是一條薄被，因為睡不著，漸覺有點涼意，就起來換過一床比較厚的。不久，又覺得窗外的陣陣寒風吹到臉上，似乎越來越冷，就又起來把窗門關上。

經過這番折騰，再躺下來，睡意更是消失得無影無踪。這時，我聽見窗外狂風大作，有如萬馬奔騰。我知道：是冷鋒來了，氣象報告曾經預告過的。我閉著眼睛聆聽著，彷彿看得見黝黑的天空上風雲變色、風起雲湧的詭異天象，那是冷鋒的跫音啊！有誰聽到過？

對門陽臺上那串陶瓷製成的風鈴，叮噹叮噹地響得很清脆，再加上從堤邊竹林梢上呼嘯而過的風聲，不禁令人想起了「秋聲賦」中形容秋聲的那些詞及句：淅瀝、蕭颯、錚錚、鏦鏦、波濤夜驚、金鐵皆鳴……。然而，現在正是春天，春聲不該是由樹梢的微風、潺湲的流水，還有蟲吟、鳥語等等譜成的麼？秋聲怎會出現在春夜裡？

且不管它秋聲是否應該出現在春夜，我在一個無眠之夜裡聽見了冷鋒的腳步，也可算是我個人生命中一次不太平凡的遭遇吧？

四月的黃昏

那個黃昏，我有事經過國父紀念館旁的光復南路。好久沒有到這一帶來，此刻，不禁為這一段馬路和安全島上行道樹之美而懾住了。

兩旁行人道上種植的是我最喜愛的楓樹，如今正是粉紅嫩綠的新葉把每一棵樹妝扮得無比迷人的季節，放眼望去，那兩列豐盈的新綠，簡直把行人的雙眸都給營養得過了份。

安全島上的一行木棉樹又值開花時，挺拔的疏枝上綴滿了碗大的、像是絲絨做成紅花，風華絕代，氣勢非凡。這一行火紅的花樹與兩側的楓樹互相輝映陪襯，使得這一段馬路的景色在夕照中顯得美麗絕倫。

我在紅磚道上漫步著，徘徊在每一棵楓樹下，流連不忍遽去。這時，我的心裡升起了〈菩提樹〉裡面的兩句歌詞：「……我在樹蔭底下，做過甜夢無數。……」謝謝你，楓樹，我雖然沒有在你的樹下做過甜夢，可是你們已賜給我一個愉快無比的四月黃昏。

民國七十一年《中華副刊》

心有靈犀

每讀古人書，或聆聽西方的古典音樂，因而引想心靈的激盪與心聲的共鳴時，我常會感到詫訝和不解：那些千古不朽的名著及名曲的作者們和我在時間上相差了千百年，在地域上有些也相去千萬里；但是，彼此的想法為甚麼會一樣？心靈也似乎相通呢？難道人與人之間，只要是血肉之軀，心裡就會有靈犀一點嗎？

由於自己是個唯心論者，服膺天人合一，崇尚自然主義，同時又是個傾向唯美主義的人，喜愛大自然的一切以及所有美好的事物：豔陽、朗月、天光、雲影、落霞、彩虹、山巒、河流、大海、小溪、樹木、蟲魚鳥獸、少女的嬌容、嬰兒的笑靨……，對我而言，無一不是美的化身。因而在文藝的殿堂裡，無論文學、音樂、美術……，我一直都偏愛那些淡泊、瀟灑、豁達、脫俗、飄逸、空靈的作品，而且擇善固執，此心耿耿，歷盡多年歲月而不移。說起來這似乎有點沒有出息和不長進，然而我就是喜歡率性而為，不愛矯飾，也顧不了這許多了。就當它是保存了一顆年輕的心吧！

莊子的「鷦鷯巢於深林，不過一枝；假鼠飲河，不過滿腹」，是多麼恬淡的思想，人人明白這個道理，社會上就不會有勾心鬥角、爭名奪利的現象；而這正是我的人生哲學，可說不謀而合。屈原的「民生各有所樂兮，余獨好修以為常。雖體解吾猶未變兮，豈余心之可懲。」又豈不是跟我的擇善固執有點類似嗎？陶潛、謝靈運、孟浩然、王維……都是我所崇拜的詩人，因為他們在千百年前就表達了我的山水、田園之思。而李白的瀟灑、蘇東坡的豁達，又使我把他們引為同道。「天生我才必有用，千金散盡還復來」；「幾時歸去，作個閒人，一張琴，一壺酒，一溪雲。」前者豪邁狂放，後者恬淡灑脫，也代表了我們古代中國讀書人的思想。可惜我生不逢時，長在一個工業社會裡；假使我還向他們看齊，那就是真的太不合時宜了。

多少年來，我都保有著一個不是錦囊的錦囊（其實只是一個文夾）。每逢讀到或看到自己喜愛的佳句（絕大多數是詩句、詞句或對聯），就隨手抄下來，夾在這個文夾裡，以便有空時慢慢吟哦欣賞。儘管這些搜集來的大多只是斷句，有些更連作者都不詳，但因為它們都深得我心，說出了我心中的話，所以我都視同瑰寶，看成滿篋晶瑩璀璨的珠玉。

「錦囊」中另外還搜集了一些美得令人顫慄、流淚的詩句、詞句，像「池花春映日，窗竹夜鳴秋」（李白）、「二十四橋仍在，波心蕩冷月無聲」（姜白石）、「自在飛花輕似夢，無邊絲雨細如愁」（秦少游）、「風一更，雪一更，聒碎鄉心夢不成，故園無此聲」（納蘭性德）之類，這些都是我解憂遣懷的良藥，遇到心情鬱悶之際，拿出來吟詠一兩回，立刻便會五內舒暢，神清氣爽。

聽西洋古典音樂，也是如此。聽氣魄豪邁、抒放奔騰的交響樂，會有振奮心靈之功；聽高山流水般的鋼琴曲，會使人心境澄明；聽婉轉的管樂或是悠揚的小提琴，又會使人迴腸蕩氣。巴哈的音樂，莊嚴肅穆，聽了就像上了一次教堂；莫札特的音樂，雖然明快歡樂，但是一想到他生前的坎坷貧苦，就覺得他是在歡樂中含著淚水。柴可夫斯基和拉赫曼尼諾夫作品的淒美哀愁，是我所最愛聽的，雖是自尋煩惱，不過卻是甘心情願。德布西的音樂出塵脫俗得像是不食人間烟火，聽了有時都會感到自己的庸俗。我對音樂只是個門外漢，可說毫無所知。然而，為什麼只憑直覺的欣賞也可以聽得出那蘊藏在音樂中的實質與感情，這不就是我和作曲者之間心聲的共鳴嗎？

經歷了千百年的歲月，跨越了千萬里的河山，先哲們的心聲依然迴蕩在亙古的長空裡，使得心有靈犀的後人能夠發出心弦的共鳴，這正是他們偉大的地方。愚騃如我，雖然跟這些哲人「蕭條異代不同時」，又何幸得以有機會讀到他們的作品，了解到他們的思想，跟他們心靈彼此相通呢？不過，這也得拜科學（印刷術和電器）昌明之功吧？

民國七十一年《中央日報・副刊》

生機

番薯盆景

廚房的調理臺下放著一塑膠袋的番薯，但是卻被我這個不稱職的主婦遺忘了。有一次在清理廚房時發現了它，打開一看，其中的兩三條已發了芽，心中不免有點懊惱，這種黃皮黃心的佳種番薯可不是容易買到的。幸虧還沒有腐爛，把發芽的部分切除，依然可以食用。我把番薯洗淨後削皮切塊，把發芽的部分切進鍋裡用水煮，加一片老薑和適量的砂糖，燒爛以後，便成為一鍋又甜又糯的番薯甜湯；一塊塊金黃色的番薯浮在淡黃的液體上，真是色味俱全。這種既可口而又富於營養的鄉土食物，我從小到現在都一直十分喜愛。可惜它已不再受到大家的重視，如今一般人都只傾向於舶來的奶油蛋糕和冰淇淋的口味了。

切除了的發芽部分我也沒有丟棄，因為我知道可以利用來做成一座番薯盆景。用一隻插花的花缽注滿清水把它浸泡著，不到一夜工夫，那些嫩芽便長高了一兩吋，而且抽出細小的綠葉。再過一天，嫩芽更像變魔術似地變成了紫紅色的番薯藤，綴滿了碧綠的、掌狀的、像煞了楓葉葉子。兩三天之後，番薯藤越長越高越多，一共竟有七八根，遠遠望去，居然有點像一座小小的樹林了。番薯切下來的部分，無論顏色或形狀，都有點像土坵，而紫紅色的番薯藤就是長在土坵上的樹，「楓」葉碧綠，欣欣向榮，看來還是春明景和的時節哩！

我把這座番薯盆景放在客廳的電視機上，來訪的客人看見了都嘖嘖稱奇。我更是每天勤於澆水，小心呵護；沒事時便對著這座土坵上的小小「楓」林癡癡地獨自欣賞，驕傲與喜悅之情油然而生。它們雖然是從番薯裡孳生的；然而，我卻是它後天養育的人，勉強也可稱為它們一半的「造物者」吧？

一小截切出來的發芽番薯變成了一座盆景，廢物利用的成功令我感到驕傲；它的蓬勃生機又令我感到喜悅。

枯木再生

上個月的幾次颱風過後，我發現好幾棵我每天都看到，心愛卻不知名字的行道樹都被風姨摧殘肆虐得不成形。有些枝椏折斷了，有些枝葉凋零，只剩下光禿的樹幹；想起它們原來豐盈美麗、枝繁葉茂的樣子，看得我心都疼了，真怕它從此枯毀。

然而，這只是我的杞人憂天而已。枯木逢春還會再發枝，何況只不過是被風摧毀的？大自然賦予萬物以生命，也賦予萬物以生機；只要還有一線生機，只要一息尚存，任何生物都會為自己的生存而奮鬥、掙扎，希望在絕處裡逢生的。

也許在忙碌中已有一段時期沒有注意到那幾棵心愛的樹，那天，在坐車路過時偶然抬頭望了一眼。喲！甚麼時候它們又恢復了以前的青葱繁茂了？折斷了枝椏已長出新的；被吹得七零八落的樹葉也重新生長；樹腳的部分還長出許多新的嫩枝，嫩枝上又長滿翠綠的新葉，看起來比以前還要美，把我的目光吸引得無法離去。

我真的是太過杞人憂天了，天生萬物，都具有生存的能力（人類該是其中最弱的），一棵生機旺盛的大樹，又怎會向暴風雨屈服呢？

民國七十一年《中央日報・晨鐘》

愛花的人　外一章

愛花的人

每一次，當我徜徉在花園、花圃、花展、花市……的萬紫千紅中，陶醉在百花的色香裡面時，要是也碰到其他前來賞花的人，便會因為吾道不孤而加深了我的喜悅。

誰說不是呢？愛花的人都具有愛心，因為嬌嫩的花卉也像嬰兒和小動物一樣，需要有人用愛心來照顧和灌溉。愛花的人都是大自然的崇拜者，愛花也一定愛山水愛草木。愛花的人都是雅人，有著高級的鑑賞力，也有藝術的眼光。

假如說學琴的孩子不會壞，那麼，我敢說愛花的人也不會壞。試想：一個能夠鍾情於那些嬌嬌弱弱的小小花菜的人，又怎做得出傷害別人的事？怎說得出欺騙別人、違背自己良心的話呢？

我很欣幸這個世界裡愛花的人還真不少。

雅店

商店，這似乎是個很俗氣的名詞，它似乎只能夠跟金錢、買賣、貨品、討價還價這種庸俗不堪的事物聯在一起。不過，你也不要太小看它，有時，它也有美的一面。

一般女性大概最喜歡逛服裝店、珠寶店、化妝品店、皮鞋店、綢布莊之類，因為這些商店的貨品可以增加她們外表的美。但是，我可不大熱衷這類貨品。我另外有我喜歡的商店，依我喜愛的順序是這樣的，畫廊、花店、書店、音樂器材或唱片行、禮品店、手工藝品店、美術用品店、裱畫店等等，這些都不妨稱之為「雅店」。

我最喜歡逛那些裝潢得藝術而高雅的畫廊，一面欣賞壁上的圖畫，一面聆聽著擴音機播放出來優美的音樂，兼享視聽之娛，極盡悅目賞心之樂。對一切都不奢求的我，往往感到這便是人生最大的享受。

此間的花店門面都太小，沒辦法逛，但是在門口望一望百花的嬌態也很不錯。逛書店是一般讀書人都有過的經驗，遺憾的是，此間的書店也都不夠大（包括以「城」自稱的），書的種類也不夠多，有時不免令人興趣缺缺。我喜歡此間的唱片行只是為了愛看那些原版古典音樂唱片的封套設計（國外的又自當別論），因為那也是一門藝術；要是正遇到大放流行歌曲或熱門音樂時，說不定還要逃之夭夭哩！至於禮品店、手工藝品店、美術用品店、裱畫店等，無非因為它們都跟藝術和美術有關，才吸引了我的注意罷了。否則的話，又怎配稱為「雅店」？人吧？

誰說做生意的都是滿身銅臭的俗物？「雅店」的主人大概都可以稱得上是名符其實的雅人吧？

驀然回首

彷彿那還是不久以前的事，上街的時候，只要聽見童稚的聲音叫「媽媽」，我就會驚喜地到處張望，以為是我的孩子在叫我，即使明知孩子們都在家裡，我仍然會有這種感覺，屢試不爽。直至童稚的聲音漸漸到了沙啞的變聲期，我才不至於在街上聽見幼兒叫媽媽的聲音而動心，而驀然回首。

曾幾何時，每當我走到街上時，又會被另外一種童稚的呼喚而驀然回首，因為我已從母親晉級成為祖母了。打從我的孫女會說話以後，我只要在街上聽見幼兒呼喚「奶奶」的聲音，就以為是孫女在叫我而驚喜地回頭。雖然每次都發現那只是別人的孫兒，但是，看到那幅祖孫情深的天倫之樂圖，還是很令人欣悅的。

從母親而祖母，除了年歲增加以及生理上的自然、逐漸老化外，我的一顆純真的心似乎始終沒有變。我喜愛孩童甚於一切，而孩子們也多喜歡跟我親近，因為我童心還未泯沒，會跟他們玩得很好。如今，我在每日刻板的辦公室生涯中唯一的盼望就是快點下班回去跟我五歲的孫女以及不足半歲的小孫子嘻嘻哈哈地玩個痛快在人生的道路上有著數不清的讓人驀然回首的往事，而巷弄中一聲稚嫩的呼叫「媽媽」或「奶奶」，卻是最實實在在，最動人心弦的一種。

民國七十一年《中央日報·副刊》

綠滿窗前

今年年初，我們樓下那戶人家所植的一株九重葛，以其堅強無比的生命力和勇不可當的毅力，從樓下攀援上二樓，又從二樓爬上三樓我家。那個時候，伸展到我臥室窗前只是兩枝細細的枝椏和一些嫩葉；不過，隔著一層磨砂玻璃，也已隱隱形成了綽約的花影。這儻來的喜悅，使我在一篇題名〈花鳥小品〉的短文中寫了一則「窗外花枝」，在文中我深切希望這些花枝繼續長大茁壯，好媲美它們在二樓窗戶外所形成的天遮陽篷。

日子在忙碌中像流水般逝去，轉眼春去夏來，而我窗前的九重葛花枝也果然日漸茂密。現在，它的蔓藤已粗如大拇指生長到了四機的邊沿，再低垂到我的窗沿上。它長得枝葉濃密，還開了不少紫紅色的花朵，枝椏的姿態也美妙絕倫。這一大叢枝葉，不但為我遮斷了西晒的驕陽，在炎夏中給我一絲涼意；也兼具了窗帘的作用，那道原有的乳白色紗帶，幾乎用不著拉開了。

記得在小學時曾經臨摹過一本字帖，開頭的兩句是「讀書之樂樂何如？綠滿窗前草不除」，我從小到現在一直都是住在大都市的洋樓上，從來不曾領略過綠滿窗前的滋味。如今，有了這些九重葛的攀附，可真的是綠滿窗前了。每次坐在窗前欣賞這大自然的精心傑作，我就會心滿意足，也會不期而然的想起了做小學生時那本大楷字帖。

假使我可以整天待在家裡，享受這天然帘幕所給予的清涼，那該是多大的福分。有了綠滿窗前的環境，我就應該天天坐在窗下讀書、寫作，過著古代讀書人清靜無為的悠閒生活才對。可惜，我卻是個以心為形役的二十世紀的白領階級，每天都身不由己的把大部分時間分割出去只剩下清晨、黃昏和黑夜是屬於自己的；然而黑夜又大部分屬於睡眠，所以我欣賞綠滿窗前之美的機會並不多。幸而，這三個時間正是窗前花影顯現得恰到好處的時刻，我還好沒有錯過。

每天天亮，我睜開惺忪的睡眼，視線透過乳白色的紗窗帘，便可以看到窗外九重葛一枝又一枝的蔓藤盡態極軒地垂吊著，一叢叢濃密的綠葉中點綴著幾朵紫紅的花果，在曉風中顫抖。一種隱約糢糊的美，就像是一幅寫意的，用水用得很多的印象派水彩畫懸掛在我的窗口。這幅水彩畫，會隨著陽光的逐漸增強而有所變化，到了日午時，就會變成了一筆不苟、栩栩如生的寫實畫；然後，到了黃昏時分，又回復到清晨時的樣子。在繪畫的園地中，我一向偏愛印象派，如今，何幸而有這樣一幅用光和影構成的印象派靜物畫每天都在清晨和黃昏時懸掛在我的窗口呢？

到了夜晚，窗上的這幅天然圖畫又是另一番景象。我喜歡滅了燈，讓街燈把九重葛的花影投射在我的窗玻璃上。這時，雖然沒有彩色，剩下的只是黑白兩色，可是花枝的剪影有濃淡深淺之分，也自有一種含蓄素雅之美。記得不久以前教小孫女讀古詩那些比較淺近易解的五絕都教過了，想試教一首小孩容易理解的七言絕句，就挑了蘇東坡的〈花影〉教她讀。她一聽到「重重疊疊上瑤臺」，就為了兩次的疊字笑了起來；後來聽到後面三句「幾度呼童掃不開。剛被太陽收拾去，卻教明月送將來。」又聽了我的解釋，更是咯咯地笑個不停，覺得很好玩。蘇東坡這首詩確是具有童心，天真可愛；現在，豈不更是為我的窗前花影而詠嗎？我窗上重重疊疊的花影也是朝暉和夕照送給我的，只是我絕對不會想到要把它們拭去，我巴不得它們永遠印在我的窗上，也永遠印在我的心版上。

我住的這棟公寓樓房，只不過建造了五年多的光景，因此這棵九重葛的樹齡也絕對不會超過五年半。誰想得到它在這短短五年多之間，先是在樓下院子裡爬滿了圍牆，又纏繞成一個遮蔭的涼棚；接著，它攀上二樓，把二樓的窗戶遮蔽了，又穿過二樓陽臺的防盜鐵柵欄，生長了濃密的一叢枝葉，還開滿了紫紅的花果，使得二樓的陽臺成為四鄰豔羨的目標。如今，它更爬上三樓了，依然是分開兩路，一路直奔陽臺，一路沿窗而上。我們的陽臺沒有裝設防盜欄，所以它沒有「停留」，已高升到四樓去。窗口的那一簇則似乎比較友善，不但盤桓不去，還開了花，使我既享盡綠滿窗前之樂，還日日有一幅天然的印象派水彩畫可以觀賞。人生到此還有甚麼不滿足的呢？這一棵原不屬於我的九重葛，卻爬上我臥室的窗前，給予我以不輸於擁有一座種滿了奇花異卉的花園的歡樂和美感，有時想想，一件事物的真正主人又豈是從表面或正面所看得出來的？

民國七十一年《新生報・副刊》

花鳥小品

紅葉與白髮

入冬以後，每次乘車經過仁愛路或中山北路，眼見路旁的楓葉漸漸由黃變褐，偶然也有幾片紅葉雜在其間。少許的紅葉雖然不顯眼，也構不成一幅霜葉紅於二月花的美景。不過，比起馬路旁其他終年長綠的樹木如榕樹、樟樹、茄冬等，枝頭的一片褐色倒也能夠表現出季節的遷遞，使得街景有點變化，不至於太過單調。

我不太喜歡那些四季如春的地方，長年沒有寒暑之分，樹木永遠青葱，花兒永遠不謝，即使美如仙景，看多了也就沒有甚麼稀奇。從樹葉我不禁聯想到人的頭髮。樹葉到了秋冬會枯黃凋落，人老了頭髮會變成灰白，這豈是極其自然的一個現象？綠葉顯示出長夏的茂盛與豐盈，紅葉表現出秋天成熟的美感；黑髮是少壯的表現，白髮則是老年人的光榮冠冕。然而，自從各式各樣的染髮藥水紛紛上市之後，許多老年人便拋棄了上蒼賜給他們的那頂光榮的冠冕，用藥水把白髮染成烏黑想藉此把韶光留住。可惜，黑髮底下仍是一副衰頹的形貌（比起來，還是鶴髮童顏漂亮多了），就更顯得蒼老。

紅葉受到許多人的欣賞、歌頌，白髮為甚麼卻一直遭人厭棄呢？綠葉轉紅，黑髮變白，不都是成熟的象徵麼？

窗外的花枝

我家樓下的院子裡種了一株九重葛，濃密的枝葉爬滿了牆頭。但是因為這種花卉太尋常了，而這一株又不怎麼開花，所以很少得到我的青睞。直至有一天，我發現它的一根蔓枝居然爬上了二樓的窗戶，這才令人吃驚起來。二樓的住戶似乎不常在家，因為他們很少開窗。不久之後，這根蔓枝就開始向橫發展，茂盛的枝葉竟把整扇大窗密密地封鎖起來。

起初，我有點羨慕二樓的人家，有綠葉點綴在窗前，是何等地詩情畫意。它會不會也爬到三樓上呢？九重葛的生命力也真驚人，過了沒有多久，它的蔓枝便果然偷偷攀上我的窗沿，枝尖還綴著細細的嫩葉，那副怯生生的模樣，煞是美麗動人。沒有幾天功夫，第二根蔓枝也上樓來拜訪我了。雖然由於天氣寒冷我也不常開窗；但是隔著一層磨砂玻璃，窗外經常招展著兩枝扶疏的花影，也給予我無上的喜悅。

目前，我的窗外不錯是多了一幅花卉的剪紙畫，平添不少佳趣。可是，會不會有一天我的窗門也像二樓的一樣被九重葛的繁枝封鎖得遮斷了陽光呢？到時候，我要不要任它蔓延衍生，還是狠心地把它們剪掉，拒絕這群不速之客的登臨？我不知道，我真的不知道。

鳥還巢

這些年來我家養過好幾次鳥，從三對十姊妹到一大籠的文鳥，然後這兩三年又養過兩對小鸚鵡。小鸚鵡外形漂亮，價錢也較貴，但是很膽小，只要有甚麼東西靠近鳥籠，牠們就害怕得在籠裡東竄西逃，根本不肯跟人親近。十姊妹是最便宜的小鳥？但是我卻覺得最好玩。兒子們常常把鳥籠的門打開，讓牠們在屋子裡自由翱翔。你只要在手掌上放一粒米飯或一粒餅屑，牠們就會飛過來棲在你的手指上低頭啄食，還讓你撫摩牠小小的頭顱。有時，把一粒小小餅屑丟向半空中，牠們就會凌空而起，疾如鷹隼般在半空中把餅屑咬進嘴裡。視力之佳，動作之快，令人嘆為觀止。把我們母子逗得大樂，認為這也是一種特技表演。

儘管那些十姊妹曾經給我們以不少歡樂，但是正由於兒子們常常把鳥籠的門打開，所以牠們也有過好幾次「走失的紀錄」，而「走失」得太多時，要是只剩下一隻，牠就會鬱以終。有一次，有一隻十姊妹逃家飛到對門的大花園的草叢裡，還向著我們這邊吱吱喳喳地叫個不停。任憑我們拿著鳥籠怎樣引牠，牠都毫無還巢之意，折騰了幾個鐘頭，等到入黑了，我們只好放棄。想不到到了第二天早上，牠卻自動飛回來，使得我們喜出望外，從此對牠愛護有加，這可愛的小小「信鴿」啊！

我對那些不肯親近人的小鸚鵡毫無好感。由於兒子粗心大意，在清洗鳥籠後往往忘記關門，已有過一對鸚鵡通通飛走的紀錄。我正自暗暗得意，幸災樂禍時，想不到他又買回一對新的，一藍一綠，仍然是不依人的小鳥。

一個星期天的上午，家裡剛好只剩我一個人。因為有事到後陽臺去，無意中竟發現那隻綠鸚鵡居然站在鳥籠的頂上，正在東張西望。一看又是忘記關上鳥籠的門，我雖然對那兩隻小鸚鵡沒有感情，不過也不忍心牠飛到屋外跌死、餓死或者被頑童戲弄而死。起初我有點慌張，不知道怎樣才能捕到這個小小的、頑皮的逃家者。一兩秒鐘以後，我立刻就想出了方法：先把後陽臺的鋁窗全部關起來。誰知道關窗的響聲馬上驚動了那隻膽怯的小鳥，牠立刻就飛到水槽的邊沿上戒備地望著我；而藍鸚鵡卻還是動也不動的蹲在籠子裡。我鎮定地提起籠子走向綠鸚鵡，把開著的籠門向著牠。這一回，牠沒有驚飛，相反的卻乖乖地就範入籠。我吁了一口氣，把籠門關上，想不利這樣簡單就完成了一幕捕鳥記。

這隻綠鸚鵡的太容易還巢，也引起了我無限的感慨。鸚鵡本來就不是善飛的鳥，在籠裡關得太久，恐怕已忘記了自己原是飛禽，而習慣囿禁於籠中一尺立方的小天地中了吧？習之中人也大矣哉！鳥固如此，人又何獨不然。俗語說「做慣乞兒懶做官」，的確，一個人習慣了某種生活方式，是極難變更的。這倒還不怎樣打緊，最可怕的是一個人養成了某種惡習，終其生而改不過來，那就太悲哀了。

民國七十一年《新生報・副刊》

以樹為友

大概是自從進入中年以後，我就愛樹甚於愛花。花兒的嬌美、俏麗與色彩繽紛固然令我然心動、愛不釋目；可是，樹的矯健、英挺以及樹葉的多姿多采卻似乎使我在欣賞之外更多了一份心儀，想學習它們剛勁的風骨。而且，寶島的樹木多數四季長青，一年到頭都可以觀之不絕，不像花兒那樣只在春天裡爭妍鬥麗，看樹的機會多了，對它們也就更加情有獨鍾。每年春樹競發之際，我對那些柔枝嫩葉所給予我的美感，簡直是陶醉到如癡如狂。

這兩年來，天天埋首在勞形的案牘中，廁身在萬丈的紅塵裡，不但已很久沒有與大自然親近？甚至對我一向最親愛的朋友——樹，也不知多久沒有相親了。每天，坐在飛馳於市塵中的公車上兩遍，馬路兩旁的行道樹向後如飛而逝；走「車」看「樹」，行色匆匆，如此的驚鴻一瞥，更加深了我對樹的相思之苦。以往的春天，我都可以在勝過春花的春樹身上得到很多靈感，今年春遲，連杜鵑花都遲遲始發，樹木的春芽也是遲遲不肯露面，好不容易出了一兩天太陽，卻又立刻炎熱得像夏天似地，一種莫名的困倦與慵懶便會打消了我尋春的雅興。樹友們，原諒我，既然我無法親近你們，不能在你們的綠蔭下盤桓，就讓我們保持著淡泊如水的君子之交，把你們當作是聖潔的蓮花，遠觀而不近褻吧！

在臺北街道所有的行道樹中，我最喜愛的莫過於楓樹了。此間的楓樹雖然到了秋冬並不變紅，可是在春末長滿嫩葉時，不但葉子的形狀可愛，綠得澄碧透明，而且枝與葉的配合也都盡態極妍，到了美的極致。每當坐車經過中山北路或仁愛路時，我都看得如癡如醉，久久不能回首。

幾乎所有植物的嫩葉都很美（嬰兒和幼小的動物也一樣），樟樹的嫩葉尤其柔美動人。每年春天，我都被和平西路植物園側的那兩列長長的樟樹上淡紅嫩綠、嬌美如花的新葉吸引得神魂顛倒。若是為了尋春，看看這些春樹不就夠了麼？又何必跟著別人擠上陽明山去呢？

茄冬是臺北市上很常見的樹，沒有甚麼特色。但是由於它的高大挺拔，以及亭亭如華蓋的濃蔭，也是別有動人心處。我覺得要是選它們作為臺北的市樹，是非常恰當的。

非常中國而古典的榕樹也是臺北街道上種植得最多的樹。榕樹質樸平凡，無甚可觀只有在那些百年古榕身上可以看到一股蒼勁的氣勢。我最看不慣的是榕樹常常被修剪成各種模樣：公園內的剪成動物形狀；馬路兩旁的則剪成像國中生的平頭，或者圓圓地像戴了個鍋蓋。不但毫無美感，而且戕賊自然，令人惋惜。

從前，我不怎麼喜歡葉子肥厚而形狀簡單的橡樹；可是，如今看多了也覺得還有它可愛的地方。在春天的時侯，橡樹所有樹梢都抽出嫩葉，這些紅色的嫩葉剛長出來時是捲起來的，遠看就像枝頭插著一根紅蠟燭。所有的枝頭都插著紅蠟燭，多像是一棵耶誕樹呀！

在這個春末夏初的季節裡，臺北市上最美麗的行道樹可說莫過於木棉樹了。這種來自我南方的家鄉的喬木，在披掛著綠葉的時候並不怎麼起眼，也很少引起我的注意。倒是在葉子落盡，只剩下光禿禿的疏枝時會顯露出一種古拙剛勁之美，然後，等到枝頭的花榮一開，從初放的鵝黃、橘紅，到怒放時的紅艷欲滴由於它的有花無葉，遠看就像是一株株放大了的梅樹，把庸俗的街景一下子點綴得鮮活起來。我愛煞了這種有「英雄花」之稱、代表我故鄉的花樹；然而，每次看到它們又都會惹起無盡的鄉愁，真是「相見爭如不見」。

柳樹也是我喜愛的樹木之一。兩三年前，有兩位熱愛地方的人士在永和的堤防上遍植兩行水柳，希望這道長長的柳堤成為永和的勝景。當時我也欣喜若狂，因為我家就在堤防附近。可惜，不久之後，福和橋東的堤防拓寬，還沒長成的柳樹因此而被摧殘淨盡。橋西的那兩行柳樹也始終一副發育不良的樣子，也不知道是因為堤防上風太大還是水土不服，堤上兩行垂柳飄忽的美景恐怕難以實現了。倒是種在福和路上的那批卻都已長成，然而又往往被電線纏絆著，被商店的招牌壓碰著；這些嬌姿嬝娜的柳樹原來應該站在水邊顧影自憐的，如今卻棲遲在汙染喧鬧的市井中，看了真令人替它們感到委屈。

當然，臺北街道上還有許多我喜愛而不知道名字的樹。在重慶南路三段和寧波西街交界的地方有一棵巨木，樹姿極美，枝頭綴滿著細細的圓形的葉子，它的形態和業子對我都具有極大的吸引力。後來在別的街上也看見這種樹（不過都比不上這一棵美），可惜就不知道它的名字，我查過書，也請教過許多人，都不得要領。只好把它列入不知名的樹友中了。

民國七十一年《中央日報・副刊》

春花與春樹

報歲蘭

在所有早春的花朵中，報歲蘭恐怕是最早的一種了。報歲蘭又是花之君子中的君子，因為它最守信，每年到了農曆除夕左右，一定綻開了黃褐色的花朵，告訴人們春天就要來臨。我家陽臺上的一盆報歲蘭已經有十四五年的高齡。我剛從花販手中買回來時，它是種在一個比茶杯大不了多少的小盆裡的，歲月遞邅，幾年之後，小盒無法容納，便移植到大盆裡，可是從來不曾開過花，也不知道它會開花。直至六年前遷到現在的公寓後，它才首次在春節前夕出乎我意外地抽出四根一尺多高，亭亭玉立的花枝。這種花雖不艷麗，但是很耐看，也很有韻味，不流凡俗，正像一個才華內歛、氣質嫻雅的女子。最令我詫異的是，它長出四枝花時，我家剛好是四口之家；第二年，我家添了一個小孫女，它便長出五枝來，而其中又有一枝比較矮小，彷彿代表了我的小孫女，真是有趣。

今年，霪雨不絕，我家的報歲蘭不知是否受了雨水太多的影響，居然失信了，到了春節，遲遲還不見開花。然而，就在初四或初五，它竟然像變魔術似地突然冒出九枝花來。九枝，比過去的五枝幾乎多了一倍，我家今年雖然也添了一個小孫子，九枝花豈不是太茂盛一點了嗎？習俗相沿，在春節裡，人們都是根據家中所種花舟開得多少來預卜這一年的運氣好壞的。謝謝你，九枝風韻超凡的報歲蘭，但願今年真的國運昌隆，家家戶戶都平安納福。

杜鵑花

杜鵑花也是另外一種早春的花朵，它有時甚至比報歲蘭開得更早，在臘月裡便已綻放在枝頭。

老實說，杜鵑花並不艷麗，它的色澤有點庸俗，也沒有香味；然而，它卻以氣勢取勝。當它如火如荼地怒放在郊原、庭院、公園、路旁、安全島上，那一大片耀眼的紫紅、嫣紅、粉紅、雪白，「眾多就是美」，在綠葉的陪襯下，在其他的春花還沒綻放時，雖然不是國色天香，倒也有著「眾芳搖落獨喧妍，占盡風情向小園」之概哩！

比起一些色香俱全、形態嬌美的花朵，杜鵑花無疑地只能算是略帶泥土氣息的村姑，難登大雅之堂。可不是，又幾曾看過有人把杜鵑花供養在花瓶中，成者把它作為插花的花材的？然而，杜鵑花的粗生粗長，隨處可種，不須細心呵護，這種大眾化的天賦，卻正是它最難能可貴之處啊！

杜鵑花是生長在南國的花卉，以它隨和的性格，以及燦爛奪目、多姿多采的外貌，要是種滿在臺北市大街小巷的兩旁，在春天裡，必定滿城萬花如錦，為我們贏得了「杜鵑城」的美名時對觀光大約多少有點幫助吧？

楓樹

提起楓樹，一般人總會聯想到秋天豔紅的霜葉；但是，要是你細心去觀察，一年四季之中，楓樹都有各自不同的風貌，也各有其迷人之處。

當然，秋天裡它的綠葉轉變成鵝黃、橘黃、朱紅、赭褐……，五色繽紛，滿樹如同織錦，是它一年中最美麗的時候；然而，春天裡枝頭嫩葉初茁，夏天裡的濃蔭如蓋，也自有動人心處。

我喜愛嬰兒以及所有的小動物，連帶的也喜愛一切穉嫩的東西。可不是，植物的新芽嫩葉，正是它們的嬰兒呀！寶島秋天的楓葉雖然很少變紅，但是，春天裡楓樹枝頭綴滿了一簇簇淡紅色、柔軟的、細嫩的新葉，還夾雜著微黃、碧翠的剛成長的綠葉時，那種嬌嫩的美，又豈在深秋時酡顏如醉的霜葉之下？

在春天裡，我常常徜徉在馬路旁的楓樹下，抬頭仰望枝頭嫩綠的細葉，想像那是乳嬰頭上的柔絲成者是小鷄小鴨身上的茸毛，憐愛之情不禁油然而生。有時馳車經過、遠遠望見長著一樹淺碧、疏密有致的楓樹，就會忍不住頻頻回首。

木棉

木棉，這種代表了我家鄉的樹木，在一年之中，總是呈現出三種不同的型態。盛夏裡，它是一棵普普通通、跟其他的行道樹沒有甚麼分別、綠葉成蔭的喬木；深秋以後，在冬季和早春裡，樹葉漸漸枯黃掉落，最後只剩下光禿禿的枝椏。說也奇怪，在炎夏時被葉子遮蓋著顯得平平無奇的木棉樹，這時反而變得剛勁挺拔，那看似簡單卻是屈曲有致的枝粗，簡直就是力與美的結合，襯托著寒冬裡暗的天空，自有一種荒涼的、詭異的美感。

仲春以後，木棉樹光禿的枯枝上漸漸長出一朵朵鵝黃色、花瓣厚如絲絨的花朵；隨著天氣的日漸暖和，花朵又由鵝黃變成橘紅，等到它們由橘紅變成朱紅時，碗大的繁花已開滿枝頭，那種意氣風發的英姿，自是與眾不同，怪不得有人稱它為英雄花。

在木棉樹三種不同的風貌中，我最愛的當然是它的花時。暮春時分，如果我經過仁愛路、羅斯福路或者復興南路，遠望那一樹一樹像在校頭燃點著無數小火把的紅棉，就會貪婪地飽餐一番秀色，徘徊不能遽去。

民國七十二年《中華副刊》

心靈上的遨遊

好久好久都不曾享受到如此悠閒的時刻、清靜的環境以及擁有這麼平靜的心境了。多少個日子以來，我就像一隻推磨的驢子，從家裡推到辦公室、又從辦公室推到家裡。鎮日窮忙；身不由己，早已忘卻悠閒的況味。此刻，我彷彿是個無意中中了獎券的窮措大，狂喜得直想歡呼跳躍；可惜我已經不屬於可以歡呼跳躍的年紀，我只是把那份喜悅藏在心中慢慢咀嚼罷了。

這是一個細雨霏霏、春寒料峭的星期日上午，我一個人獨處家中，而居然似乎除了看書和聽音樂之外，並沒有甚麼事需要去做，就閒適地背著手站在落地窗前眺望外面的雨景。

天空是灰濛濛地一片，這場雨已經斷斷續續地下了一個多月，彷彿永遠不會放晴；長久哭喪著臉的老天爺，使得春天的使者遲遲不敢露面。堤外的新店溪和對岸公館的屋宇也都籠罩在濛濛的霧中。我不喜歡灰色，對雨也沒有多大好感。倒是堤岸上的樹木和路面由於長期被雨水沖洗而變得很潔淨，樹葉都綠油油的，顯得特別晶瑩美麗；而路面的清潔無塵，也使我暫時忘記巷口那條因施工而被挖掘得變成了爛泥盈寸、令人無法舉步的馬路。

人真是善忘而又奇怪的動物。平常在雨天裡總嫌街道泥濘積水，可是自從巷口那條馬路被挖掘得寸步難行之後，只要一走到附近的柏油（甚至石子）路上，只要沒有滑不溜丟的爛泥，就會感到非常欣慰（這條路多清潔呀！）。人，有時是很容易滿足的。

從這一點，我又聯想到「人在福中不知福」這句話，永遠生活在幸福中的人沒有比較怎能想像出世間的疾苦、貧窮、戰亂、生離死別……是甚麼滋味？正如這一代的青年，生長在豐衣足食、安和樂利的寶島上，從小就受到父母的蔭庇與寵愛，要甚麼有甚麼，從來不曾遭受過任何拂逆；所以，「世上不如意事十常八九」這句話，他們是無法理解的。唯有我們這一代的中老年人，身經兩次戰禍，嘗盡了顛沛流離之苦；然後對這三十多年的安定，才會長懷感謝的心，也會加倍珍惜眼前的幸福。

有時，與少年時代的朋友會面，彼此看到對方鬢邊的華髮，雖然也會興起歲月催人、時不我予、無復當年的少壯豪情之感；然而，再想到大家都依然健康、健談，也還能健步如飛（數「健」均具，還好沒有「健忘」），也就覺得自己寶刀還沒老而感到十分安慰。

我少無大志，從不冀望大富大貴，更不想追名逐利。雖則大半生一事無成，庸碌度過；但是，家庭和樂、家人健康，這種福份，恐怕已是幾生修得的吧？我不羨慕別人，也不想改變現狀；我想：只要永遠能保持這個樣子就好了，還貪求些甚麼呢？假使我現在要禱告上蒼的話，我只有兩句，請上蒼保佑中華民國風調雨順、國泰民安；也請保佑我一家人無災無病，於願足矣。

才不過是荳蔻枝頭三月初，春意不但尚未闌珊，春光甚至還不曾露面，而簾外的春雨卻整日潺潺。我的思維隨著雨勢不斷地奔流，似已超越時空，無所不在，還得花些力氣才能夠把這隻幾乎斷了線的風箏收回哩！在不識愁滋味的少年時代裡，我覺得下雨還挺好玩的，因為雨天不是很富有詩意嗎？婚後做了母親，對雨可就產生不出好感了。濕漉漉的天氣，尿布和嬰兒的小衣服怎麼乾得了呢？如今，已到了無夢也無歌、無愁又無憎的年紀。對一切都不再患得患失，又回到見山是山、見水是水的境界，對雨已無所謂喜愛或討厭。艷陽天固然令人心情愉快開朗，下雨天雖則出門不便，躲在家裡看看書不是也很寫意的嗎？何況雨水洗去大地上的塵埃，減少汙染，滋潤泥土，也未嘗不是好事。

古人用「夕陽無限好，只是近黃昏」來形容晚年。今日科學昌明，醫學發達，人類的壽命提高了許多，從前七十是古稀，如今則被稱為人生的開始；那麼，我們這些無夢也無歌，卻又未屆退休年齡的人。還只能算小孩子了，多令人欣慰！不久以前在報上讀到一篇文章，作者認為用「夕陽無限好，只是近黃昏」來形容現代的老年人已不合適，應該改用蘇東坡的「荷盡已無擎雨蓋，菊殘猶有傲霜枝。一年好景君須記，最是橙黃橘綠時」這一首〈冬景〉來形容才恰當。的確，現代人平均壽命提高，七八十歲尚未老邁的人多的是，也正因為有著這些傲霜的勁枝，老成才不至凋謝；也正因為有著這些彩色繽紛的橙黃橘綠，所以冬天（晚年）才是一年

（生）中的好景。我常常想：現代的老人是幸福的，只要你身心健康，一樣可以享受到青年人種種歡樂，而「哀樂中年」這句話，似乎也應改為「快樂中年」了。

感謝這場春雨，使我有了這次獨處的機會，也有一次寧靜的心靈上的遨遊。

民國七十二年《青年戰士報》

風鈴響叮噹

昨晚，陽臺上的那串風鈴喧嘩了一整夜，吵得我時睡時醒。現在才不過是春末夏初的時分，又不是秋天，為甚麼會整夜狂風不止，使得那串瓦製的風鈴嘩啦嘩啦地吵個不停呢？啊！我想起來了，昨晚電視新聞後的氣象報告裡不是說有冷鋒過境嗎？這就是了，冷鋒是有跫音的，除了它本身颯颯的風聲（有時還伴有淅瀝的雨聲）外，它還藉著樹葉的沙沙以及風鈴的叮噹，向人們示威：「我來了！」

不過，昨夜的冷鋒威力並不強，只不過是一條微弱的冷鋒，而且沒有雨，因而，它只成為一股強風（我家靠近河堤，風勢特別強勁），把我家陽臺上那串瓦製的風鈴吹得叮噹亂響，整夜喧嘩不停，就像是一群頑皮的幼兒開心地嬉鬧，任你怎樣呵斥，也無法叫他們停止。雖然如此，我卻一點也不討厭風鈴的喧嘩，那幾個瓦、鈴互相碰撞時所發出的清脆聲音是那麼悅耳，正好做我的催眠曲。

對我這種有過失眠經驗的人而言，整夜裡能夠時睡時醒已經很不錯了，那毋寧是一種福氣，最可怕的就是徹夜無眠。年輕時我是很能睡的，頭一沾枕便會熟睡如泥；在抗戰期間還曾經有過在兩張課桌上沒有被褥而照睡不誤的紀錄。到了中年以後，睡眠的「本領」使隨之慢慢變得衰退。有時是入睡了一個鐘頭便醒過來，一醒幾個鐘頭才能再度入睡；有時則是一開始便無法睡，眼睜睜直到凌晨兩三點；有時上半夜睡得極好，然而到了下半夜使怎樣再也睡不著。總之，失眠花樣多多，不是遲睡就是早醒，反正不讓人睡飽睡夠就是。起初我對失眠心懷恐懼，怕因此而影響健康；後來，在一篇醫學性的文章上看到，「睡不著時只要閉目靜靜地躺著，盡量放鬆自己，效果是跟睡著一樣的。」從此我就不再為失眠而緊張。有一年在日月潭參加一個文藝性的會議，那個晚上居然破天荒地失眠到清晨四、五點，而第二天開會我居然也支持得住，並沒有特別難受。有很多人一失眠就要乞靈於藥物，而我卻始終頑強地拒服醫生開給我的鎮靜劑，只怕一開始藉助於藥物便會養成習慣。

我發現：睡不著的時候只要不緊張不焦灼，處之泰然，設法把全身放鬆，不久就自然會入睡。萬一真的睡不著，不妨打開收音機聽聽輕柔的音樂，成者想一些愉快的往事，也可以伴你渡過漫漫長夜。我在陽臺上懸掛風鈴，也無非想在無眠之夜裡能夠有鈴聲伴我入夢罷了！

我對鈴聲早有偏愛，因為鈴聲不但悅耳，而且富有詩意。像古代屋簷上的鐵馬、牛羊身上的銅鈴，還有傳說中耶誕老人所乘的鹿車不也是繫著鈴鐺的嗎？而在昨夜風鈴的聲中，我就想起了「雪霽天晴朗，臘梅處處香，騎驢灞橋過，鈴兒響叮噹……」這首旋律輕快的小歌，在心中無聲地哼了起來。

正由於自己愛聽鈴兒響叮噹，我家陽臺上永遠會掛著一串風鈴。最早期是那種銅製品。銅鈴聲音雖然清越，可是容易生銹，一生銅銹便變得很醜，後來又換了玻璃的那種。玻璃風鈴聲音最清脆最好聽，但是風大時會破碎，所有的鈴兒又會糾纏在一起，還是不夠理想。不久以前買了一串彩色陶製的風鈴，那是五尾色彩各異的熱帶魚在互相追逐的樣子，聲音雖然不如銅鈴成玻璃鈴好聽，但鈴聲激越，形狀美麗，我對它也相當滿意。當時才只有五六個月大的小孫子，每次到家裡來，都抬頭拼命瞪著陽臺上那串會響的彩色魚，想伸手去抓，現出了喜愛不已的表情。於是我就割愛給他，另買了現在這串沒有上釉、形狀古樸的瓦製品，代替了那串彩色繽紛的熱帶魚。瓦鈴在風中互相敲擊所發出的哐哐的響聲有點驚天動地風的時候，一走進我們那條弄子，遠遠就可以聽到，似乎有點招搖，不知道鄰居會不會嫌太吵。

昨夜，它就像一群頑皮的孩子那樣喧鬧了一整夜，我每次醒過來的時候都聽見那一連串叮噹、哐啷的聲音，然後不久又在鈴聲中入夢。我心甘情願地忍受它們的喧嘩，因為，對我而言，這也是一種音樂，是我的催眠曲。

民國七十二年《中華副刊》

那個黃昏

那真是一次難忘的經驗。車子剛一駛上陸橋，橋上的路燈便馬上大放光明，彷彿是在歡迎我的來臨，而我的心裡卻正滿載著剛才經過總統府躬逢降旗典禮的喜悅，此刻，我的歡樂就幾乎要盈溢了。

差不多每天都是在下午五點離開辦公廳，總統府也近在咫尺，卻總是陰差陽錯的難得碰到一次降旗典禮。這一天，也真巧，車子是從介壽館面前經過的，剛走到正門，就發現路上的行人、車輛，還有自己乘坐的計程車都停下來了。因為開著冷氣，車窗已經搖上而聽不見國歌的樂聲但是我看得見軍容壯盛、甲冑鮮明的軍樂隊和儀險莊嚴地整隊肅立在廣場上的英姿。還有三三五五穿著綠衣黑裙的北一女學生、提著公事包的公務員、打扮入時的辦公室女郎，……每個人也都帶著一臉虔誠的表情就地肅立。一輛接一輛、成排成陣、各色各樣的大小車子全都靜止著，坐在車裡的人雖然無法肅立，我相信每個人對國旗表示崇敬之心都是一樣的。沒有國，那有家？別忘了，我們全臺灣一千八百萬老百姓之所以能過著自由幸福、安居樂業的生活，那完全是因為有國家蔭庇的關係啊！

記得有一年到香港探親時，妹妹告訴我，她已多年沒聽到國歌了，已經忘了怎麼唱，言下不勝唏噓。回來後，我立刻就寄了一盒錄有國歌的唱、奏，還有國旗歌的錄音帶給她。她收到後回信給我，說她把錄音帶放了一遍又一遍，聽著聽著，似乎又回到學生時代，熱淚竟流了一臉頰而不自知。讀了她的信，她的傷感感染了我，眼眶也不自覺地為之濕潤起來。

僑居異地的人想聽一聽國歌而不可得，而身在國內的人卻不知福，我就曾經親眼看見有人在電影院放映國歌影片時不起立。還好，像這種無知的人只是少數，絕大多數的人還是熱愛自己的國家以及代表國家的國旗和國歌的。

懷著欣悅的心情，也就忘了馬路上、陸橋上由於車輛塞塞而寸步難行的苦惱，不知不覺又已來到中正橋上。今天是個萬里無雲的大晴天，此刻雖然已是初冬的黃昏，天色卻還沒有暗下來。西天還殘留著一大片橘紅、鵝黃、淡紫的殘霞，而東方的天畔已升起了一輪皎潔的皓月，在互相輝映。這瑰麗的大自然景色，使得橋上、堤上成排的螢光燈也為之黯然。

河灘上有人在放風箏，白色的紙鳶悠然地飄蕩在紫色的暮靄裡，使得這個初冬的黃昏增加了一份寧靜而祥和的氣氛。

排成好幾條長龍的車輛用牛步前進著，過得橋來，天色竟已幾乎變成墨色。兩旁的高樓擋住了當頭月好，取代了月色的卻是商店櫥窗、人家窗戶的燈火，還有招牌上五彩霓虹燈的大放光明。看著路上蔚為奇觀、綿延數里的車陣、衣履鮮潔的行人、商店中堆積如山的商品以及擁擠的顧客，想到三十年前這一帶還是竹林茂密的鄉野，就不禁為目前的繁榮熱鬧而感慨萬千。我們這個社會三十年來各方面的進步是全世界有目共睹的，而一小部分別具用心的所謂「民主鬥士」卻是昧著良心、睜眼說瞎話的肆意詆譭我們大有為的政府，為了冀圖譁眾取寵而抹殺事實，信口雌黃。不過，公道自在人心，我相信，除了少數愚昧無知的盲目群眾外，絕大多數的人都自有其判斷是非黑白的能力，是不會被他們的謊言所迷惑的。

總統府前遇到降旗禮，上橋碰到路燈齊亮，過橋時看到風箏和滿月，好一個令人興奮而又饒有詩意的黃昏。此情此景，不但將長駐在我的心頭，同時我也默默的祈求上蒼保佑這個海島上的人永享平安與幸福，花長好，月長圓，人長壽。

民國七十二年《中央日報・副刊》

淡泊生涯

不只一次聽見從國外回來的朋友這樣對我說：「我知道你是不化妝的，真不知道送甚麼給你好。」結果，她們不是送我一枝筆，就是一個鑰匙圈。三個兒子出國多年，他們從來也不會寄化妝品、首飾、衣著之類的禮物給我，書籍、名畫複製品、唱片、錄音帶等倒是經常供應不絕。其實，我並不是完全摒棄鉛華，也沒有完全無視珠寶的美；只是，我用得極少，而且個性崇尚自然主義，喜歡以本來面目示人，因而我的朋友和兒子也就都不把我當作女人看待罷了。年輕的時候，還曾經以自己的毫無脂粉氣而自豪，自認瀟灑；然而到了即使用盡世界上最昂貴的化品也無法喚回已逝的青春的今日。又不免有點後悔，而怨嘆自己枉為女人。

可不是，比起別人光輝燦爛，多姿多采的生命；我雖然酷愛美術，愛好彩色，可是我的生命卻是黯淡無色的。我覺得：我太不會享受生命，甚至有點浪費生命了。

從少女時代開始，就深受「卻嫌脂粉汙顏色」這種自命清高的觀念的影響，放棄了女性應有的敷粉塗朱的樂趣。又因為生性內向，初中時同學個個學會了騎腳踏車和游泳，高中時同學紛紛學跳交際舞、彈吉他，而我，不但對這些玩藝兒一竅不通，而且連邊兒都沒碰到。課餘之暇，一天到晚只知窩在家裡看閒書，變成了一個不折不扣的書呆子。

就這樣，從昔日的少女到了今天的祖母身分，我的性格未變，興趣未變，嗜好未變；數十年如一日，我的生命始終是一片淺淡的素色，我的生活方式也總是靜態的。

又因為我本身是個職業婦女，三十年來都堅守在工作崗位上，把白天的時間都交給了公家，只有星期假日和晚上的時間是屬於自己的，因而我的休閒生活也是少之又少。在那些喜好熱鬧，盡情享受人生的人眼中，我這種三十年如一日，一成不變，平平無奇的居家生涯，不但比一杯白開水還無味，甚至還簡直有點辜負人生哩！

看書、看報、看雜誌、聽唱片，是我在星期假日和晚上的唯一消遣，也是多年來我心靈上至高的享受。有時，我也會拿起一枝六B鉛筆，臨摹圖畫範本，胡亂塗鴉一番，一方面想重溫少女時的舊夢；一方面也悄悄地萌生想做摩西婆婆第二的野心。明知臨老學吹打不會有甚麼成就，但是，就算一無所成，藉一枝畫筆來排遣光陰，美化心靈，應該也是很不錯的安排吧！

整理陽臺上花盆中的花花草草也是我的嗜好之一。在我家裡，種花這份工作本來是屬於外子的；可是，他往往只管澆水施肥而不管別的。澆水施肥太多，無異揠苗助長，有時反而使得花草的根部腐爛，枝葉枯萎，因此，替花修剪枝葉的「美容」工作便落在我的身上。我很喜歡這份工作，不但經常替那些花花草草摘枯葉、剪枯枝、除野草，而且還要不時的把每個花盆的位置移動，務求每盆花木高矮相間、疏密有致，使得陽臺更加美化，也使得我自己也更能游目騁懷。

當然，我的休閒生活當然不只以閱讀、聽音樂、學畫、蒔花為滿足。其實，我最大的興趣還是在出國觀光以及遊山玩水；可惜自己多年來一直有工作在身，不能隨心所欲。要是想達成環遊世界的宿願，恐怕要期之於將來退休以後了。

在不能夠經常出去旅行的情況下，偶然靜極思動，我就會去看一場電影，聽一場音樂會，成者約幾個談得來的好朋友聊天，也能給予我很大的歡樂。

不作一般女性多姿多采的打扮；從不過燈紅酒綠的夜生活；很少參加社交應酬；公餘之暇絕大多數的時間都躲在家裡從事靜態的消遣；這樣不合時宜的人，聽起來不但落伍，而且她的生命似乎太沒有色彩了吧？幼時曾讀過諸葛武侯兩句格言：「淡泊以明志，寧靜而致遠」，至今仍服膺為我的座右銘。那麼，沒有色彩的生命是不是可以用「淡泊的生涯」這五個字來代替呢？我覺得：能過淡泊的生涯還不算太壞啊！

民國七十二年《青年戰士報》

平凡之福

朋友問我：你有沒有心情不佳，或者情緒低落的時候？我想了一想，說：好像沒有。就算有，那也是很久很久以前的事，我已經記不得了。

這樣說來，我好像是一個天之驕子，得天獨厚，從來不知世間煩惱有愁苦；又好像是一個笑口常開、樂天知命的人。其實都不是，有時我也會鑽牛角尖，自尋煩惱。只是上天對我還算垂憐，過去的歲月中，不曾經歷過大風大浪雖然也遇到過不少不如意的事，但是都由於生性混沌而沒有記罣在心上，種種的不如意，也就有似水面上的漣漪，轉瞬無痕。

當然，天氣有晴、時多雲、偶陣雨的變幻人也有七情六慾，心境是不可能永遠像止水一樣的。偶然，寂寞來襲，也會感到鬱鬱寡歡，似乎天地雖大，卻無人可語，天空不再蔚藍，花兒也不再芬芳。這時，我就會從音樂中尋求慰藉，讓唱片中像行雲流水般的鋼琴、柔情萬種的小提琴、黃鸝百囀似的長笛、深沉蘊藉的法國號……等諸多樂器組合而成的人間天籟洗滌我的心靈。往往一曲未終，那縷縷閒路便消失得無影無蹤，我的心又回復到清風朗月的境界。

不過，人是很不知足的，安定的日子過得久，就會因靜極思動而感到厭倦，覺得生活如此單調一成不實在太過枯燥、刻板，不滿之情也就因此而悄悄地孳長萌芽。以我自己為例，雖則我自詡很少心情不好，一而且也曾經因此而赢得朋友的讚羨；然而，在長期不變的生活模式裡，也難免常常感到厭煩膩味。有一天清晨天氣特別晴朗，金色的朝陽把我臥室的白紗窗簾渲染成淺淡的玫瑰色。前一個晚上我睡得很好，此刻，神清氣爽地起了床，看見家人個個健朗，週遭環境一片寧靜祥和，就又覺得生命還是十分美好而衷心的感謝上蒼。想起了一些惡疾纏身，或者，貧病交迫，或者遭逢大故的人，更想起了海峽那邊失去了自由、求生不得、求死亦不易的大陸同胞，我這種雖平凡卻是無災無難的歲月已是非常幸福，怎可以再有所抱怨呢？

本來，我對物質生活就從不刻意去講求享受。我只是喜歡隨時地去掇拾一些小小的快樂，藉以充實我平凡的生命。這一天，要是小快樂收穫豐盈，我就會感到大大的快樂；否則，也不至於太空虛。因為，我每天都有兩個固定的快樂時間。

早上一面享用早餐一面看報，是我每天的第一個快樂時間。一杯香濃而甜中帶酸的熱檸檬紅茶、一塊剛從烤箱出來鬆軟的熱麵包固然是我之所欲；但是，要是沒有報紙上的天下事以及副刊的好文章供我瀏覽欣賞，又怎能咀嚼出這份早點的美味？早餐桌上一定要有報紙，已是我多年來的習慣，偶然遇到颱風豪雨或報童送遲了，這一頓早餐就會因此而食不甘味。造成我這個時間的快樂，報紙之功不可沒焉。

我每天的第二個快樂時間是在入浴後到上床前。這個時候，一天的勞累重擔都已放下，真是純休息。換上一件寬鬆的家常服，舒舒服服地坐在沙發上，此時要是有中意的電視節目可看，固然最理想；要不然，打開收音機，一轉到播放古典音樂的頻道上，讓美妙的旋律流瀉在黃色燈影籠罩下的室中；我一面閱讀白天沒有空讀完的幾份報紙，一面聆聽音樂，身心都達到了最鬆弛的境界，這時，我就覺得快活，勝似神仙，即使用世界上最寶貴的東西來交換我此刻閒逸的心境，我也絕對不會答應的。

人生苦短，幸福更是不可強求。我不明白為甚麼芸芸眾生中絕大多數都捨棄了眼前的平凡之福不去享，而費盡心機去追逐名位、權力與私利。當然，高官厚祿固是人人所欲，可是，世間並無不勞而獲之事，只要一衡量所付出的代價，恐怕也是得不償失的。

庸碌如我，又已到達了無夢也無歌的年紀，只要永遠守著一份平凡的福氣，就於願已足。

民國七十二年《中央日報・晨鐘》

往日情懷

炎炎夏日的週末午後，日長無俚，既不想出門去忍受溽暑，又不想看無聊的電視節目。還是做蛀書蟲吧！反正我這種人的眼睛是註定永遠要盯在白紙黑字上，不論是鉛印的、手寫的、直行的、蟹行的，它們對我的吸引力永遠是那麼大，而我對它們的興趣也始終不渝。

忽然想起么兒出國後留下來的一大箱書還沒動過，何不趁著有空去整理整理，看看有沒有我想看的書呢？讀理科的么兒在我和他哥哥的影響下，一向對文學、藝術和音樂都有涉獵；然而，這次親手去整理的藏書，我卻似乎更清晰地窺見他從少年時代直到出國深造前的心路歷程。

整整一大紙箱—那種裝放洗衣機的大紙箱，那書海，幾乎可以把一個人埋葬在裡面了。我一本本、一疊疊的在發掘著，在那書海裡，從章回小說到兵學，從翻譯的世界名著到哲學，從音樂書籍到英文期刊，都證明瞭我兒成長的經過和興趣的轉變。我不是一個疏忽的母親，我們母子之間過去也很親近；但是，這樣親手去整理翻閱他讀過的書本，卻更能夠多了解他一點。

一大疊的大型歌本放在箱底。不錯，我兒跟一般的大學生一樣，很喜歡彈奏吉他，沒事的時候，就在家裡抱著吉他叮叮咚咚地撥弄一番，這些歌本當然是他彈吉他的樂譜。在那大疊歌本中，其中一本英文的《世界名歌集》的封面極其吸引我：一個長髮披肩、白衣飄拂的少女坐在一塊岩石上彈奏豎琴，背景是一道飛珠濺玉的瀑布；這天堂般的景色，使我彷彿聽到了高山流水般的豎琴琴韻而為之神往不已。

這麼出塵脫俗的封面，裡面到底選了些甚麼歌呢？打開一看，便再也不能釋手。啊！〈聖母頌〉、〈愛情古老的甜歌〉、〈乘著歌聲的翅膀〉、〈白髮吟〉、〈夏日最後的玫瑰〉、〈母親教我的歌〉、〈唯有一顆寂寞的心〉、〈愛之夢〉、〈別離曲〉、〈羅瑞莉〉、〈安妮羅莉〉、〈問我何由醉〉、〈秋夜吟〉、〈船歌〉、〈鴿子〉、〈菩提樹〉……，這些熟悉卻又很遙遠的英文藝術的歌名，像是一大堆光芒璀璨的寶石呈現在我的眼前，使得我眼花撩亂，心花怒放，少女時代的美夢，種種往日情懷，又一一湧現在心頭。

翻開書頁，隨意地跟著歌譜低低吟唱，儘管嗓音已經瘖啞，但是一種甜蜜、溫馨的感受仍然注滿胸臆。這些歌曲，有些是我在學校時唱過的，有些則是來臺之後從一部舊式的礦石收音機裡聽來而學會的。這些藝術歌曲，作曲者固然都是著名的音樂家，而所配的歌詞也大都選自有名的英詩；因此，不但旋律優美得令人心動神馳，歌詞也全都典雅脫俗，曲與詞配合，正是相得彰，天衣無縫。這也就是名歌之所以為名歌，世代相傳，百唱不厭；那像目下那些「熱門歌曲排行榜」甚麼的，只不過流行一週或一個月就被打入冷宮，生命短暫得就像蜉蝣。

年輕的時候很怕死背書；但是那些配到歌曲裡面的英詩，我卻可以背誦很多首，那是由於有旋律可以吟唱，比較容易記憶之故。在無人打擾的獨處時刻裡，我最喜歡攤開我心愛的那本英文的《一百零一首最佳歌曲》，把裡面那些抒情歌曲的部分，一首一首的吟唱下去，在迴腸盪氣之餘，往往不覺渾然忘我，更不知世上尚有煩憂。

三分之一的世紀已在指顧間流逝，我早已不是當年的我；然而，我為甚麼還有著這種往日情懷，為這些老歌而心動呢，是我不長進還是患了幼稚病？

也許都是吧？儘管年紀一大把，我各方面的興趣卻跟年輕時沒有兩樣。上電影院看外國片，到音樂會去聽西洋古典音樂，到畫廊參觀現代畫，逛書店買新書，這一切似乎都是年輕人的事，為甚麼我依然樂而不疲呢？此間舉行法國電影節的期間我去欣賞了三場。每一場，在這個只有二百個座位的場地裡環顧在座的觀眾除了我和我的朋友外，其餘清一色都是二十來歲、大專學生模樣的男女青年，不禁在渾身不自在之餘，與起了「老大徒傷悲」以及「時不我與」之感。

不能算是個悲觀的人，然而我在詩詞方面卻往往偏愛那些淒美的，在我年輕時常常吟唱的那些英文歌裡，就有好多首都是屬於婉轉悱惻這種情感，當年我之所以喜愛它們，大概是「少年不識愁滋味，為賦新詞強說愁」那類的心態；到了早生華髮的今日，既已識盡愁滋味，對歌詞中傷感的句子就更能體會，又怎怪我對它們未能忘情呢？想不到，兒子的一本歌本，竟又勾起我的往日情懷。

民國七十二年《中央日報·晨鐘》

麻雀、蝴蝶、貓

麻雀

我不明白為甚麼人們不喜歡小麻雀，是因為牠們是啄食農作物的害鳥嗎？其實，牠們在都市中應該是無害的，牠們那清脆悅耳的啁啾聲以及輕盈靈巧的身影，不是正好給沉悶的都市景觀以調劑和點綴嗎？對我而言，清晨在枕上聽到麻雀的歡唱，就會有置身山林中的感覺；看見麻雀成群地在電纜上綴成五線譜的奇趣，就會心懷喜悅。

麻雀雖是野鳥，而且不敢親近人類，可是牠們在大都市中卻挺舍求生的。牠們利用公寓陽臺上伸出來的冷氣機築巢，牠們在人家院子裡的泥地上跳來跳去啄食蟲豸，也飛到陽臺欄干上的花盆間覓食，消遙而自在。

我最歡迎小麻雀飛到我的陽臺上，即使我在客廳中神遊於書頁中，只要聽見一兩下清脆的嘖嘖聲，就知道有小客人來訪了。於是，我立刻把視線從書本轉移到陽臺上，盡情欣賞小麻雀在欄干上、在花盆側跳躍時的種種美姿，滿懷欣悅。我想：小麻雀們何幸而在都市中找到牠們棲身和啾食之地，假使有人再為他們準備一盆水給牠們作為鳥浴池，這裡豈不是變成麻雀的樂園了嗎？

蝴蝶

我第一次看到所謂的蝴蝶畫時，真有說不出的寒心與噁心！那一幅幅花團錦簇的裝飾畫原來竟是用無數蝴蝶的翅膀剪碎後拼湊而成的，犧牲了無數美麗的小生命才能完成人類的一件藝術品，這件藝術品的代價又是何其殘酷！

誰說猛獸殘暴？我覺得人類才是最無情的殺手。他們看不得比他們低等的飛禽走獸自由自在地享受大自然所賜與的廣濶的天地，非要把牠們趕盡殺絕，讓牠們絕種或者一輩子關在籠子裡不可。天上飛的、地上走的、水中游的，無不物盡其用，食其肉、寢其皮、器其骨（齒）。臺灣的野鳥已被獵人射殺殆盡；海豚也被無知的漁人宰來當作魚肉售賣。南部的一些山谷，彩蝶紛飛，因而臺灣向有蝴蝶王國的雅譽；如今，這些彩蝶的翅膀，竟又被人剪碎來拼湊成畫，難道不擔心有一天弄到彩蝶絕種嗎？聽說這些蝴蝶畫都是用來外銷的，西方人最愛護小動物，會不會因此而認為我們是個不解憐香惜玉、殘暴成性的野蠻民族呢？

剪碎蝴蝶的翅膀來貼畫，用動物的皮毛來做大衣，吃狗肉……，同樣都是野蠻的行為，人類到底有慈悲的心沒有？

我們一家愛貓的天性是一脈相傳的，父親傳給我，我又傳給了兒子們。十多年前，我們就曾經收養了一隻在路上流浪的小貓八年之久，孩子們還把牠當作幼弟看待，使得我變成了貓的媽媽。雖則在一般人的觀念中，狗比較忠心，比較有用，而且養狗（尤其是洋狗）才能提高身分；但是，貓雖然驕傲、自大、自私，卻自有其可愛之處，因而我們母子始終視貓為寵物，對之鍾愛不渝。

自從失去了那隻豢養了八年、體態肥碩而性情猶如幼兒的大貓後，我們已有多年沒有跟貓族親近，不免對牠們懷念不已。走在路上時，看到長相比較可愛的貓兒，就忍不住要跟牠打聲招呼，用「喵喵」的聲音向牠們表示友好。這些倨傲的小傢伙，多數對我的招呼來個相應不理，偶然有些也回報我一兩聲「喵喵」的，那大概是肚子餓了。

這兩年，我們村子裡的垃圾桶邊開始出現了兩三隻瘦骨嶙峋的野貓，每天在垃圾堆中覓食維生。在愛貓的天性以及婦人之仁的驅使下，每天傍晚去丟垃圾時，要是有魚頭、鷄骨之類，我一定偷偷拿去餵那些貓。我之所以「偷偷」，是怕被討厭貓的鄰居看到，會說我養野貓為患。事實上，兩年下來，原來瘦稜稜的野貓不但已養得胖嘟嘟的，而且已繁衍了兩三代，貓子貓孫都有了。有了這群「貓警察」，這附近一帶的老鼠也減少了許多，可見養貓也並非完全沒有用處。麻煩的是，餵過牠們幾次，牠們便認得我。每天傍晚下樓去扔垃圾，只要一走近牠們的地帶，群貓便圍攏過來，向我「喵喵」討食。要是那天我有可以餵貓的剩菜，當然可以做出一副慷慨的施主狀；要是沒有，心中便覺充滿歉意與不安。原來愛貓也會有困擾的，這又豈是始料所及呢？

民國七十二年《青年戰士報・副刊》

誰見幽人獨往來

缺月掛疏桐，漏斷人初靜。誰見幽人獨往來，飄渺孤鴻影。驚起卻回頭，有恨無人省。揀盡寒枝不肯棲，寂寞沙洲冷。

——蘇軾〈卜算子〉

也不知道為了甚麼，從少年時代開始，我就特別喜歡蘇東坡這首詩。是它高起脫俗的意境吸引了我，還是作者孤傲落寞的胸懷引起了我的共鳴？也許都有一點關係吧？其實，在那種不識愁滋味的年紀裡，我又懂得甚麼呢？

有生以來，幾乎從來不曾孤單過；然而，奇怪得很，我卻時常有著一種置身在萬仞高峰上的孤絕之感。我有一個溫暖幸福的家，但是我很喜歡獨處，又常常獨來獨往，有時，我竟覺得自己像是個寂寞的獨行俠。

也許這種孤獨的性格是與生俱來的吧？從小，我就只知埋首書堆，與弟弟妹妹們都不怎麼合得來，也很少跟同學們去玩。我對弟弟妹妹們對我的「騷擾」經常感到煩厭，也往往因此而跟他們每一個人都鬧翻。跟每個人都鬧翻以後，就很悲哀地在日記裡發洩，說自己有「一群頑劣的弟弟妹妹」，「嚐到了眾叛親離的滋味」，「舉世滔滔，竟無可語者」，……。

母親為了我對弟弟妹妹不夠「友愛」（其實我們長大後才夠手足情深哩！），就常罵我，「看你這副孤僻的德性，長大了準嫁不出去，等著做老小姐好了！」真可惜，母親並沒有不幸而言中。

我結婚了，還做了四個孩子的母親。這時，我的媽媽又開口了：「奇怪！你在小學時曾經說過長大後不結婚，要當校長的呀！」哦！原來有這等事！我後來怎會忘得一乾二淨，食言而肥？

分析起來，我之所以從小孤僻，長大後又喜歡獨來獨往，不愛交際，這恐怕跟我個性內向，而又多少受了老莊思想的影響，以及傾向田園文學（我在很年輕的時候就渴想歸隱山林了）之故。

雖然，我少小時所生活的家，還有長大後自己的家都是人丁興旺，相當熱鬧；但是我少年離家後的一段日子，以及婚後所從事幾份陽盛陰衰的工作，都讓我嚐盡寂寞孤單的滋味。先天的性格加上後天的環境，我現在明白為甚麼寂寞的陰影老是揮之不去了？

我永遠忘不了抗戰末期逃難到了貴陽，跟同學失散，剩下孑然一身，彳亍在異鄉街頭的那種徬徨無依之感。那是我有生以來第一次離開父母和家人，也第一次體驗到孤單的淒清滋味。雖然幾天以後就又跟同學取得聯絡，但那已使我終生難忘。

二十年前那次的單獨乘四川輪到香港省親，四年前的獨自長途飛行到紐約探子，都算是我個人歷史中的「英勇事蹟」。在美時，我又曾經獨自參加了一個美加旅行團，單槍匹馬跟成團的陌生人到異國去觀光。起初也是形單影隻、孤寂無伴；不久之後，團中兩名唯一的非華人——泰國婦女主動來向我表示友好，馬上，我們三人結成莫逆，同出同進，那次先苦後樂的旅行，也因此而更加永難忘懷。

早年我的幾份工作全都是男人的天下，我置身其中也經常有孤寂之感。在辦公室裡倒無所謂，反正大家都是熟人。最難受的是到外面開會，舉目一看，群雄粥粥，盡是陌生面孔，而我這個萬紅叢中的一點綠又何其醒目！外向的人說不定正好趁機為自己做做廣告；而內向的我，則不但渾身不自在，更恨不得奪門而逃。這種經驗，說起來實在是痛苦而又尷尬。

在那舉桌人都不認識的喜宴上；在那皮笑肉不笑、言不由衷的交際場合中；在餐館中獨自進食；在黑夜的小巷裡踽踽獨行；此情此景，此時此地，也都會令人興起一種疏離、孤寂、無奈、落寞、淒清之感。大概因為人類原來習慣群居，一旦孤單無侶便會難耐寂寞吧？

愈是經常用腦的騷人墨客，似乎越容易感到寂寞，「曲高和寡」，「高處不勝寒」，正是這輩幽人高士的心語。平凡如我，少年時代雖然因為不懂事而曾孤傲過；可是經過多年歲月的琢磨，早已變得內外俱圓，毫無棱角。只是，要想達到那種「自甘寂寞」、「忘我無我」的高超境界，則尚遙遙不可企及。

喜歡獨來獨往，卻又害怕寂寞，這是何等矛盾的心情。我多麼希望自己能擁有「千山我獨行」那股胸無掛慮，來去自如的遊俠式的瀟灑勁兒。

民國七十二年《文壇》

心靈札記

讀書樂

喜歡讀書的人都知道，讀書有許多樂趣，說也說不盡。但是，我認為其中最大的樂趣是作者寫出了你心中的話，他的想法跟你不謀而合，居然「英雄之見略同」。

英國作家吉興的《四季隨筆》，是一本讓我一讀再讀的好書。雖然我沒有很多時間也不怎麼專心去讀；往往只是隨興所之讀個一兩頁，然而我卻經常在他的筆底發現了我想說的話，我跟他居然也是「英雄之見略同」。

先是他對書本的癡迷，對金錢的不重視，對大自然的喜愛，以及思想的恬淡等等，使我引為同道。然後又發現他是那麼的愛好音樂（尤其是蕭邦的夜曲），而且又那麼容易滿足。當他伏案寫作時，聽到鄰家有人在練琴，「即使是五隻手指的練習，也比沒有好」，他也會因為琴音有助於解除他伏案的勞苦而衷心表示感謝。

記得幾年前我也曾經由於聽見鄰居練琴的琴音引發靈感而寫了一篇短文，因為我覺得即使這種生疏的琴音也是具有美感的，而且也為午後人靜的深巷平添幾許詩意。吉興是個生在上一世紀的西方人，為甚麼會跟我心聲相通，想法一樣？讀書至此，怎能不狂喜？

向樹敬禮

縱然是在凜冽的寒風裡，只要看到光禿的枝頭上一簇新綻出來的粉紅嫩葉，不必等到開花，就知道春天的腳步已悄悄來臨。我是個愛樹甚於愛花的人，為此，我幾乎每年都要為春樹歌頌一番。

那個黃昏，天氣難得居然很晴朗。下了車，我背對著碩大無比、又圓又紅的落日，迎著一輪初升的圓月走回家。偶一抬頭，無意中發現路旁一棵幾已乾枯的老樹的瘦細枝椏上竟然抽出了一簇簇嫩葉，嫩得像鷄雛的毳毛、嬰兒的胎髮，令人頓生憐愛之心。而這一簇嫩葉，也使得色的街景有了一點綠意。

造物真是既偉大而又神奇。為甚麼只靠著陽光、空氣和水，就會孳生出千千萬萬種不同的生物？而那些細嫩的葉子又是怎樣從堅硬的樹枝中鑽出來的呢？

想像著這些帶著淡紅的嫩綠新葉，不久之後將會為這棵老樹披上一件翠綠的衣衫，美化街景。而這棵老樹，又開始在炎陽之下無私而忘我地把它的綠蔭廣被行人，就不由得在憐愛那些嫩葉之餘，向老樹致上深深的敬意。

不調和的景色

近年看電視，最感興趣的是有關大陸風光和近況的報導只要有這類節目，我絕不錯過，在看的時候，更是聚精會神地緊緊盯著螢光幕，深恐錯過任何鏡頭。因為，我們這些離鄉三十餘載的遊子，就算只是驚鴻一瞥地瞄上那些鏡花水月、稍縱即逝的畫面一眼，也是聊勝於無，稍慰鄉愁於萬一啊！

大陸景色之美，的確是美不勝收。「涼秋九月，塞外草衰」、「大漠孤煙直，長河落日圓」，塞北是荒涼而粗獷的美；「池塘生春草，園柳變鳴禽」、「柳絲長，春雨細，花外漏聲迢遞」，而纖柔婉約之美，則是屬於江南。莊嚴的峨嵋金頂、奇偉的長江三峽、澎湃的錢塘江潮、甲天下的桂林山水……又全都是我朝思暮想、魂牽夢縈的。孤陋如我，正以當年沒有機會一一登臨為憾。如今，拜科學之賜，卻可以在螢光幕上神遊，身為現代人，真是福份不淺。

然而，我每次在電視上看到大陸風光，雖則總為它的美而陶醉，卻總覺得有甚麼地方不對勁。想來想去，原來是在景物中出現的那些千篇一律穿著藍色人民裝的人物在大煞風景，使得畫面顯得不調和之故。可不是，在那大好江山裡，點綴的應該是鮮衣麗服、神采飛揚的人物才對。換了那些在暴政壓迫下面無表情的藍螞蟻，豈不是有點格格不入麼？江山依舊，人事全非，再美麗的河山，一旦被汙腥旗玷汙了，可就變成蒙羞的西子的。

人的一生

在街上看到一些柱杖而行的老人時，總會憶起這個老掉了牙的謎語：「有一種動物，早上四條腿，中午兩條腿，晚上三條腿」，而感慨萬千地想到了人的一生。

嬰兒呱呱墜地之初，根本沒有行為能力，只能躺在搖籃裡，除了吃奶以外就是睡覺。在學步之前，手足並用，四肢爬行，活動範圍有限。等到會走會跑，行動自如時，卻又因沒有獨立能力，必須父母撫養。直到成人以後，經濟獨立，這才是真正人生開始。條條大道通羅馬，海闊天空任遨遊，這時的你，年富力強，只要有毅力，有信心，自可隨心所欲地開拓你的天下。如果一旦成功，你就是站在生命的巔峯上，睥睨他人，不可一世了。

可惜，既然到達巔峯，就必有下坡的一天。一個人到了暮年，生理老化，心志日衰，是自然的現象，就算不必扶杖而行，多少也總有點小毛病。耳不聽，目不明，反應遲鈍，舉動遲緩，是一般老年人的共同生理狀態。人生到此，不就是在走下坡路嗎？要是不幸而罹患痼疾，不能行動，那麼，這位老人的活動範圍便只剩下一張床，跟嬰兒時躺在搖藍中一樣了。最後，當他回到泥土中，那暗無天日的墓穴，豈不又跟母體中黑沉沉的子宮一樣？塵歸塵，土歸土，天道循環，萬物莫不如此。

民國七十三年《中央日報・晨鐘》

人間世

再生的鳳凰

少年時讀唐詩，讀到「有弟皆分散，無家問死生」、「田園寥落干戈後，骨肉流離道路中」等描寫戰亂的詩句，總覺得胸臆中充滿了一股悲戚與辛酸之情，低迴不能自已。

然而，自從共產匪徒竊據中國大陸，一手導演出一幕又一幕家破人亡、妻離子散、慘絕人寰的倫理大悲劇，整個大陸遭逢浩劫，恍如煉獄；上述的幾句唐詩，又何足形容那些慘狀於萬一呢？

三十幾年來，又有多少至親骨肉被阻隔在海峽兩岸，鐵幕深垂，欲見無由，只能兩地苦苦想思，牽腸掛肚，這豈不也是另外一種人間慘劇？

還好，人性是堅強的，雖然歷盡屈辱與折磨，有些人還是像疾風中的勁草、歲寒的松柏一樣，沒有倒下去。於是，有些幸而碩果僅存、飽經憂患、九死一生的老人，終於賈其餘勇，逃出煉獄，像火中再生的鳳凰般投身到自由的天地，跟他們乖離了三十多年的子女以及未曾謀面的孫輩團聚，安享餘年。「乍見翻疑夢，相悲各問年」，以劫餘之身、風燭之年，間關萬里、跋涉河山去投奔他那從當年少壯而進入初老階段的子女，其悲壯惑人實在不下古代孟姜女的萬里尋夫。這些老人雖然受過了多年的苦難，但是終於能夠享受到自由、安定和富足的桑榆晚景，他們還是幸福的。他們的子女也是幸福的，因為他們終於有機會奉養他們老父（母）的餘年，而不至有風木之憾。

西門滄桑

偶然路過西門鬧區一帶，或者到這個區域中一些歷史悠久的商店去買東西，總是會碰到好些他們不認得我而我認得他們的人。看到那一張張稔熟卻是被歲月侵蝕過的臉孔，我總是有著做夢的感覺，這些都是我在十幾二十年前接觸過的人？為甚麼這周遭的環境似乎全都變了又似乎沒有變？於是，一種「人世幾回傷往事，山形依舊枕寒流」、「江山依舊在，幾度夕陽紅」的迷惘之情便兜頭臉地襲來。

那位在成都路上擺書報攤，我經常向他買「兒童樂園」的北方中年漢子仍然堅守著他的崗位，只是已經滿頭華髮。他本來就是個面目嚴肅的人，如今，在嚴肅之外更流露出一份落寞，甚至有點木然。是因為一般人都寧願花錢去看電影、上歌廳而捨不得買一本書刊，生意更難做的緣故嗎？

西門市場中那家我常去買東西的雜貨店依然故我，那對兄妹的面容也依稀記得。只是，當年的少年為甚麼已白了頭？當年的少女為甚麼變成了腰如水桶的阿巴桑？而我自己，還不是也從母親級晉升為祖母級？

我向他們買了兩小包粉絲放進皮包裡，那位做哥哥的面無表情地遞給我，又面無表情地找了錢。我記得當年他是個彬彬有禮的孩子，即使只買一包鹽他也會連聲道謝的。如今他瞧不起這筆十幾塊錢的交易，是因為他「成熟」了，還是因為工業社會已不需要禮貌？

那家生意興隆、門庭若市的西點麵包店的老闆似乎越來越胖、老闆娘待客的態度也越來越傲慢。可不是，當年只會製造一些土司、菠蘿麵包和味同嚼蠟的奶油蛋糕的小店，如今可變成了日進斗金的連鎖商店，老闆的腰圍數字當然是跟財產成正比，老闆娘忙賺錢都來不及，又那裡有空給顧客裝笑臉。

西門鬧區是一個歷盡滄桑、新舊混合的地方，是臺北市的縮影；有時，甚至也許是冷暖人間的部分縮影。

可愛的小婦人

我不認識她，但是我卻熟悉她的臉蛋、她的聲音，甚至她某一些生活習慣。她是個可愛的小婦人，看來不過二十幾歲，載一副黑框近視眼鏡，打扮得大方樸素，冬天穿套裝、夏天穿襯衫和裙子，是個典型的辦公室女郎。我每天下班時，都跟她搭乘同一班的公車，是她那張甜甜的娃娃臉和清純的氣質引起我的注意。她的臉，還像個女學生；但是，從她每天手上總是提著大包小包超級市場的貨品看來，我判斷她是個要主中饋的小婦人。我因為聽見過她跟別人說話而熟悉她細柔的嗓音；因為每天同車而知道她的下班時間，以及推想到她辦公廳和住家的約略地點。我們雖然從來不曾交談過；然而，我相信她認得我，而我對她更是有了相當程度的認識，我喜歡這個可愛的小婦人。

然後，我有機會證實了我的推想和判斷，她果然住在我家附近，因為我又在星期日的菜市場中，不止一次的碰到她。在喧鬧擁擠的賣魚攤前，我聽見她用嬌柔細弱的聲音向魚販問價；在熾熱的夏陽下，我看見她吃力地拖著菜籃車跨過馬路，菜籃裡堆滿了魚、肉、蔬菜、水果……，她的另一隻手還拎著一個鵝黃色的塑膠玩具水桶。這個鵝黃色的塑膠玩具水桶告訴我一個事實：這個可愛的小婦人還是一個小母親哩！這位年輕的賢妻良母，正像無數職業婦女一樣。利用星期日的早上，到菜市場採購一週的伙食；她也要利用這一週唯一的假日，親手烹調一些美味的菜餚給她的丈夫兒女品嘗。雖則她在辦公室中忙碌了六天，而她還是毫不吝嗇地把她七天中唯一閒暇的一天，奉獻給她的家人。

我相信，在我們這個社會中像這位可愛的小婦人一樣內外兼顧的女性多的是。我們現代女性是能幹的，賢慧的，正因為有了她們，我們才能擁有這個由許多幸福家庭組成的安和樂的社會。

民國七十二年《中央日報·副刊》

文字遊戲

有時我真是弄不清自己到底是個愛動還是愛靜的人。每年春天，一看到春樹上長滿了細嫩有如嬰兒面頰的新葉，那柔柔的嫩綠就會使得我心頭充滿狂喜；在暖陽的撫慰與和風的吹拂下，更感到自己和大自然的息息相關，而立刻有著想到郊外去走一趟，甚至想出門去旅行的衝動。

然而，我白天的時間是不屬於自己的；週末和假日的交通太擁擠，又使人望而卻步，怯於出外；晚上，更是眷戀於家的舒適與溫馨，不想離開。就這樣，好動的天性逐漸磨成好靜；對大自然一草一木、一花一葉的癡迷也就只好從陽臺上的盆栽去滿足。而讀書、聽音樂、看書，也就幾乎變成了我休閒生活中全部的活動。

除了讀書、聽音樂、看畫之外，我還有一樣「靜」的嗜好，那就是玩文字遊戲。

不知道是不是由於父親在我幼年時就買了一本猜謎的小書給我，又常教我對對子之故；從小，我對各種文字遊戲就著了迷。從「雲對雨，雪對風；大地對長空」到「炭黑火紅灰似雪；

穀黃米白飯如霜」這些入門的對子；典雅的謎語如「春雨綿綿妻獨宿」，「落花人獨立，微雨燕雙飛」；乃至一些有趣的打油詩和迴文詩等，無不大感興趣，到了數十年後的今日，仍然念念不忘。

年輕的時候，腦筋靈活、反應敏捷，對猜謎一道，頗有心得，雖然還不到百發百中的程度，起碼也十不離九，對此也免不了多少有點沾沾自喜。早期的「今日世界」，每期都有填字遊戲，而我也每期必填，樂而不疲。填中的獎品是一本香港新亞出版社出版、印刷得很考究的翻譯小說或散文，這真是投我之所好；到現在，我的書櫥裡還保留著好幾本這類的書。

英文的填字遊戲（CROSS WORD PUZZLE），由於它的錯綜複雜，變化萬千，又似乎比中文的更富趣味。填這些字謎，往往使得我鍥而不捨，廢寢忘餐，猛翻字典和百科全書；不把它一一解決，就彷彿骨鯁在喉，終日不快。玩這種遊戲，表面上好似很費時失事，又似不務正業，玩物喪志。事實上，這正是充實自己字彙的最好方法；學英文的學生常玩填字遊戲，保證進步神速。在美國電影中，描寫寂寞的老人，鏡頭上不是出現一個坐在火爐面前、抱著一隻胖貓喃喃自語的老婦；就是破落公寓中一個瘦小的老頭兒在玩填字遊戲，總是給人以一種蒼涼淒寂之感。填字遊戲真的只有孤獨的老人才玩嗎？才不是！我認為它是一種益智遊戲。

據說人的頭腦是越運用越靈活的，所以有「頭腦體操」這個名詞。我一向是個不甘寂寞，不喜歡把自己任何天賦荒廢的人（是「天生我才必有用」嗎？一笑），因此，即使是遊戲，也喜歡挑那些傷腦筋的。幾年前，大兒子從美國寄了一盒名叫「SCRABBLE」的英文拼字遊戲給我。「SCRABBLE」者，亂抓也。這種「亂抓」遊戲，一定是從我們的麻將牌得來靈感。原木製成，刨得光潔滑溜的小方塊，一共有一百塊，每一塊上面刻有一個英文字母，其中有兩塊「白板」，可以隨機應變當作任何字母，等於麻將中的「百搭」。玩的時候，四人對壘，把小方塊面朝下，「洗牌」後，每人抓七張；然後輪流打出，看自己手中的「牌」加上桌上的「牌」能拼成什麼字，再按規則來計分。打出一張「牌」，又可摸回一張「牌」；最後看誰的分數最多就算贏。玩這種拼字遊戲，英文程度高的固然會佔上風，但是反應的快慢也很有關係，可說是一種極傷腦筋的消遣。

前幾年，還有兩個兒子在家裡，沒事的時候，一家人「亂抓」一番，動動腦筋，將廿六個英文字母顛來倒去的拼來拼去，一些離奇古怪的不常用字也往往在這種場合中出現，真是非常有趣。自從老么也出國去，家裡只剩下工作極其忙碌的老三；老伴對此也興趣缺缺；於是我想玩「SCRABBLE」，就變成了「一缺三」的局面，根本玩不成。

找朋友玩嗎？年長的人大都不喜傷腦筋，沒有幾個人對這種等於要考英文拼字的西洋麻將牌有興趣；而有興趣的又未必有時間。年輕人對這種遊戲可能比較有興趣，但是年輕人自有他們的天地，誰又願意放棄自己的節目去陪一個媽媽輩的人玩呢？

春節期間，偶然有機會跟兩位年輕朋友又玩了一次「亂抓」。兩三年沒有碰，猶幸沒有生疏寶刀也未老，居然成績不錯，博得年輕朋友說我「很會玩」而不禁為之飄飄然。然而過後卻有點忽忽如有所失。我們如今已是個高度工業社會，生活的節奏越來越緊迫，大家都越來越忙，誰還有閒情逸致來玩文字遊戲？想再「亂抓」，恐怕已無法找到搭子了啊！

還好，除了「亂抓」的英文拼字遊戲，還有許許多多文字遊戲可以玩。猜謎、對對子、填字遊戲，都是很有效的頭腦體操。（假使說我愛動，動腦筋也算是一種「動」吧？）當然，我還有書可看，有音樂可聽，有許多圖書可供鑑賞；還有觀之不絕的、瑰麗的大自然美景屬於我。我的精神生活是如此的充實、如此的多姿多采，還有甚麼可怨尤的？要動，有整個世界可以任你邀遊；要靜，退居斗室中也可以自得其樂，人生原來就是十分美好的。如今一般的成人社會大都喜歡玩「數字遊戲」？我卻喜歡玩文字遊戲，這也許就是性向不同之故吧？

民國七十年《人間·副刊》

輯二　我見‧我思

愁聽關塞遍吹笳，不見中原有戰車；
三戶已亡熊繹國，一成猶啟少康家。
蒼龍日暮還行雨，老樹春深更著花；
待得漢庭明詔近，五湖同覓釣魚槎。

——顧亭林

一點隱憂

三十二年來，我們在上下一心、軍民合作的慘澹經營下，的確已建立了一個安定而富足的社會。從人人有飯吃、沒有乞丐、教育普及、家家電器化乃至今日商店中貨品堆積如山、滿街車輛、高樓大廈建雲起、餐廳飯館五步一樓十步一閣、鄉下人也有能力出國旅遊……種種現象看來，我們不錯是創造了一次經濟奇蹟；可是我這個人卻不禁有了一點隱憂：我們邁進工業社會裡，同時也失去了農業社會中的很多傳統美德如安貧樂道、勤勞儉樸、敦親睦鄰、守望相助等，人人都變成了功利主義者和拜金主義者，以金錢為萬能。

這種現象到底是可喜還是可悲呢？從前的士大夫階級喜歡自鳴清高，不屑談利祿，認為一涉及金錢俸祿，就會沾汙自己的人格。而現代人則絕不諱言金錢的重要，即使涉世未深的年輕人，也都非常現實，令人有後生可畏之感。固然，以現代人的眼光看來功利主義也許無可厚非；不過，使人擔心的是，很多人為了利而不擇手段。古人說「衣食足然後知榮辱」，我覺得我們今日的社會正由於太富足了，以至有許多人因為利祿薰心而迷失了本性，一心一意去追求金錢和物質只知有己「不知有別人。近年來，我們國民道德的低落，以及一般人自私行為的表現，說起來就叫人痛心疾首。最近李國鼎先生所倡導的新六倫「群己關係」正是針對社會上淪亡了的公共道德而發，真是切中時弊。

試以我們每天都接觸到的公共汽車為例。李登輝市長曾經大力提倡過排除運動，當時也有幾處公車大站的乘客實行過。可是，曾幾何時，便已灰飛煙滅。每輛公車一靠站候車乘客必定擁一而上，擠得你死我活。結果，年輕力壯者自然捷足先登，老弱婦孺便只有站著乾瞪眼的份兒，這已是司空見慣的現象。有一次，從陽明山下來，那部公車的司機像吃了迷幻藥般的一路上疲狂開快車，從山上飛也似地直衝而下車子上下左右波動顛簸，如同巨浪中的一葉扁舟，緊張刺激得又像坐雲霄飛車。車上坐著的清一色是年輕人，個個在談笑自若。站著的是我和另外幾位中老年人，其中有一位白髮皤皤的太太站得搖搖欲墜、面無人色，而坐在她旁邊的一名大學生卻視若無睹。我一時激於義憤，就請他讓座給老婦人。他頓時面露不懌之色，站是站起來了，卻一言不發。我請老婦人坐下，那青年學生竟喃喃地用閩南語說我「鷄婆」（多管閒事之意），我只好假裝沒有聽到。一個年輕人的心腸居然如此之硬、性情如此冷漠，也夠令人驚詫的。在電影院裡，常有一些很悽慘的鏡頭，看了會感到側然於心的，然而卻往往聽到有人在發笑。人心都是肉做的，想法怎會如此不同呢？

我們所有公共場所的設施，不但沒有人去愛護，反而會被破壞無遺。公車和影院的座墊經常被人割破；隨地吐痰、丟垃圾；公共廁所髒得一塌糊塗；公共電話亭的電話簿撕得體無完膚；公園的花木被摧毀、草地被踐踏；遊人越多的觀光地區越髒亂；還有人丟人現眼到國外去。正因為暴發戶越來越多，這些人雖然有錢卻沒有文化水準，出國是為了搶購（聽說還有一窩蜂去搶購不明作用的藥品的）；他們著睡衣在旅館的走廊上晃來晃去；在餐廳高聲談笑；沒有時間觀念，不入境問俗。如此這般的出國觀光，真是不開放也罷。

我們是一個自由的國度，可是有很多人卻曲解自由以為自由就是可以為所欲為，目無法紀。他們在「請勿吸煙」的公共場合隨意抽煙；他們在深夜大開收音機吵擾四鄰；住在樓上的人可以任意在樓板上蹦跳、製造噪音，把垃圾、汙水往樓下院子裡傾倒；商店、住家也可以隨便霸佔人行道作為工廠、堆貨或晒衣之用，甚至有人在行人道上騎機車。還有不法的商人為了牟利，就可以在蓋房子時偷工減料，以毒油假酒或加添化學物質的食品來害人。社會上充滿著一股銅臭之氣以及浮華膚淺的心理，大家都是先敬羅衣後敬人，甚至笑貧不笑娼。有了機車想汽車，有了洋房想別墅；戴二十萬元一個的手錶，是為了想炫耀於同儕，送子女去學琴或出國留學，無非是為了要提高自己的身分地位。只要是利之所在，大家無不趨之若鶩；公益的事，凡是要出錢出力的，則避之若浼；見義勇為的是傻瓜；見死不救的，也大有人在。而孝悌忠信、禮義廉恥等等固有道德，更是早已不知為何物。我們的經濟是起飛了，物質生活是已經趕上歐美了；然而社會上的道德水準卻反而一落千丈，又怎不令人憂心忡忡？

也許我的想法太落伍了，我雖然生長在大都市中，可是我還是懷念從前農業社會那種質樸的生活和悠閒的歲月。大家庭固然會引起很多紛爭，也為難了小媳婦；然而，一群孫輩，圍繞著白髮爺爺，坐在晒穀場上，聆聽一些有趣的古老故事，又該是一幅何等寧靜和諧的天倫之樂圖！反觀今日的小家庭，爸爸忙於做生意和應酬，媽媽也忙於打牌，小孩子不是以速成麵或麵包充饑，就是到小吃店吃一碗麵算數。兩者相比，又是誰比較幸福呢？從前是養兒防老、積穀防饑，奉養親長，是天經地義的事；如今，年輕一代無不以到海外發展為榮，多少家庭又不是只剩高堂兩老寂寞相守？

創造了經濟奇蹟誠然是我們一樁了不起的成就，怕只怕大家被成功的喜悅沖了頭而得意忘形起來，忘記了復國大任仍然沉重地扛在我的肩頭上，而我們正在行走著的道路還是十分崎嶇和艱險。物質上的建設固然重要，而心理上的建設也同樣不容忽視。所以，我們在有了豐裕的物質生活之後，更要提昇我們的精神生活，以改善生活的品質。同時，更要講求群己關係，以促進人際關係的和諧。我們是一個奉行三民主義的均富社會，也是一個以仁立國的國家。老祖宗們在幾千年前早就訓誨我們要「己立立人，己達達人」；「老吾老以及人之老，幼吾幼以及人之幼」；如今一般人不但全無仁人愛物之心，反而見利忘義，唯利是圖，又怎不令人興起了人心唯危，道心唯微的嘆息？死於安樂，生於憂患這兩句名言的確是千古不易的真理。我們的物質生活是十分富足了，可是也因此而失去了很多東西；傳統上的種種美德和淳樸的風氣已不知何處去了。最後，我再次沉痛地向每一位同胞呼籲：不要因為經濟上的成就以及物質的享受沖昏了頭，儘管我們還有許多足以自豪的地方像政治修明、教育普及等等；但是我們仍然任重而道遠，我們仍然負荷著空前艱巨的時代使命——在逆境中承先啟後，繼往開來；我們必須不要忘本，要保持著黃帝子孫刻苦耐勞、淳樸善良的本色，那才對得起我們的列祖列宗。

民國七十年《中央日報・副刊》

「一點隱憂」的迴響

四月廿六日的清晨，接到了文友涂靜怡的電話，她用激動的語氣喃喃地對我說：「畢璞姊，真是謝謝你，你把我心中的話都說出來了。」我當時一愕，想不出在甚麼時候甚麼地方說過了些甚麼話，就訥訥地問，「我說了些甚麼啦？」「就是你那篇文章呵！你那篇〈我的隱憂〉可真是把我心中所想說的話都說出來了，謝謝你呵！」靜怡繼續用激動的聲調說。

原來是我的文章登出來了，那時我還沒打開報紙哩！靜怡自從她手創的雜誌《中國風》停刊後，就一直鬱鬱不樂，現在她忽然這麼一大清早打電話給我，難道又發生了甚麼事不成。但是，那天是婦女寫作協會全體會員同遊角板山的日子，我得趕早出門，也就沒有多問，只好等晚上回來再說了。玩了一整天，倦遊歸來，我撥電話給靜怡，問她是不是有甚麼心事，她說沒有，仍然是連聲的謝我代她說出了心中的話。

從事寫作以來，〈我的隱憂〉一文，是我鬱積多時的感觸，而在相當激動的心情下完成的唯一作品。我知道我寫得不夠深入，不夠完整，我只希望要是我這卑微的呼籲能夠引起社會大眾的注意，能夠喚醒人心，那就算是盡了我一點點書生報國的心意罷。

想不到，刊出之後，倒真的引起了廣大的共鳴，涂靜怡是第一人。那天同遊角板山的文友，第二天上班後碰到的同事，幾乎每一位看到那篇小文的人，大家都交相讚譽，他們不是說我文章寫得好，主要是他們覺得我文章裡的話的確「切中時弊」，做了他們的「代言人」。朋友們對我的愛護使我非常感動，我的一枝拙筆終於發揮了一點點功能，這也使我為自己以前的陶醉在風花雪月的抒情小品中而感到慚愧。

而最令我感動的還是兩封讀者的來信。一位是自稱「一個憤怒的老兵」的先生，他用國軍標準規定的信紙，寫了滿滿的九頁，還附了幾份剪報。他對臺灣地區的交通之紊亂、充滿暴戾之氣、竊盜之多、風氣之奢侈、暴發戶作風、噪音之喧鬧、亂挖馬路、大戶逃稅等現象表示十分憤慨。他在信末又加了兩行，「早年金馬前線地區的有功將士根本就不願意回臺灣來休假，因為回來一看就傷心，就一肚子氣：生活在安樂窩裡的人們竟是那麼不長進！」我相信這位讀者就是一位軍人，他跟任何一位熱愛國家的人一樣，正因為愛之深，忍不住也就責之切。他花了那麼多的時間去寫這封信，我覺得是我那篇小文所得到的最珍貴也最有價值的迴響。

另外一封是署名馬甘棠的先生寄來的，看筆跡，大概是出自老先生之手。他慨嘆公車上學生不讓座給老人、影歌星表演一場酬勞比公教退休金還多、法官知法犯法、教師誤人子弟；

他在信上說：從這種種現象看來，人心已不古了，「一點隱憂」不如改為「百世隱憂」、更貼切。

這兩位讀者都是古道熱腸、憂時傷國之士，令人肅然起敬；但是他的信上都沒有通訊處，我不能讓他們的心血石沉大海，只好再借中副一角園地，在這裡向他們表示我的感謝。

發表文章而獲得廣大的迴響自然是一件樂事；不過，個人的榮譽事小，要是因此而對社會風氣多少有點轉移，那才是真正有意義的大收穫。

民國七十年《中央日報．副刊》

我不得不說

我多麼希望我的同胞都是守法、守秩序、有公德心、有禮貌而又富有同情心的好國民；然而，不幸得很，從我每天所耳聞目睹的事事物物反映出來，我們正是一個不守法、不守秩序、極度缺乏公德心、沒有禮貌，也沒有同情心的民族。這麼多的劣根性，從前以為是教育未能普及之故；可是，現在呢？實行九年的義務教育已有多年了，社會上種種道德低落的現象為甚麼還是絲毫沒有改善？

我的住處附近有一個公車站，兩年前有一位公職候選人蓋了一個可以遮陽擋雨的石棉瓦頂車棚，棚下放了幾條板凳，給候車人歇腳，這也可說是功德無量了吧？但是，一兩天之後，板凳上面即踩滿了泥汙腳印，使得沒有人敢坐；不久，所有的板凳更是全部失踪，恐怕是被人搬去當柴燒了。

最近，又有善心人裝置了三條固定的板凳在候車棚裡，乘客莫不稱便，以為以後在候車時可以不必罰站；誰知，才不過半天光景，板凳上又是鞋印斑斑，使人沒辦法坐下去。在大都市裡而居然有那麼多喜歡蹲而不喜歡坐的人，除了搖頭嘆息以外，尚有何言？

自從某大影院發生老鼠咬人的事件以後，我就不曾去看過電影。最近因為有一部還不錯的西片，就挑了觀眾不算太多的頭場去看。這是首輪影院，而早場觀眾應該比較少，就算剛才影院沒有清場，照理不會太髒吧？可是我坐的那一排竟然滿地都是紙屑、塑膠袋和其他的垃圾，令人無法立足，我只好換到最旁邊的座位去坐。

一般人使用公共廁所，十個有九個沒有用完抽水的習慣，而又不注重個人衛生；所以，再講究再漂亮的公共廁所，要是沒有專人隨時維護，在一兩天之內，立刻就會變得跟從前鄉下的茅坑一樣髒。連舉手之勞都不肯為，這算是幾等的國民呢？

在飯館裡食客把骨頭和渣滓隨意的吐在桌面或地板上；把擦手的小毛巾用來擦身上的臭汗、挖鼻孔、吐痰、擦桌子、擦皮鞋。飯館的小毛巾可說是最髒的東西，也是一種最不文明最落伍的產物，而我們竟讓它繼續存在，豈不可恥？

我們的鈔票大約也是世界上最髒的一種，就算是發行不久的千元大鈔，現在已大部分變得又髒又破。我懷疑這也是國人一種自私心理使然。大概人們認為鈔票反正是用出去的東西，幹嗎要把它保存得那麼好，於是把它們揉成一團，用來擦拭手上的汗水、魚腥、油漬、果汁，以為弄髒了就會花用得心甘情願一點；可是，他們會不會想到有一天這些鈔票說不定又回到自己手上呢？

一般人打錯電話，按錯門鈴，很少會說一聲「對不起」；在擁擠的公車上踩到了別人的腳，不但不道歉，有時還會反瞪對方一眼；店員、跑堂的、攤販、司機……替我們服務，人人認為理所當然，沒有人會表示謝意，誰說我們是禮義之邦？

有一次在公車上，看見有一輛機車倒在路旁，不遠的地方又有一個年輕人俯臥在地面上，旁邊還有一灘血，顯然是一樁不太輕微的車禍。奇怪的是，既沒有看到交通警察在處理，而行人也都默默走過，視若無睹。肇事的車輛可能是一走了之，鴻飛冥冥了；但是啊！路過的人怎能夠見死不救？如此的冷漠無情，實在可怕到了極點。

我真是不忍說也不好意思說，但是又為國人種種之不自愛的行為和道德低落的現象（在本文中我只舉出幾件最近或經常遇到的）感到痛心疾首，基於一種愛之深、責之切的心理，似乎不得不說。儘管我們是一個很優秀的民族，我們的智商也比其他種族為高；然而，假使我們不馬上改善這些沒有公德心和沒有教養的行為，那麼，給予外國人的印象是起碼要打個對折，甚至文明古國的美好形象也會因此而扭曲的。

民國七十年《新生報・副刊》

隨筆兩題

物慾無止境

偶然翻閱一本十年前的畫報，其中一頁圖片，展示了一位名女演員的香閨。出乎意料的，這間閨房佈置得非常的樸素，樸素得就像一間學生的宿舍。一張普通的木製單人床，床上舖著方格子的棉布床單；床側一個簡單的床頭櫃，櫃上除了一個舊式的鬧鐘外，別無其他擺設；地面舖著塑膠地磚；窗上掛著花布窗帘；一具箱型的冷氣機，算是唯一「豪華」的設備。

在看了第一眼時，我還暗暗為這位女演員的儉樸美德而喝采。然而馬上我就想起：這是十年前的照片呵！在當時，這個房間大概是相當夠水準，所以才拍出來給大家「示範」欣賞的。可是，以今日的眼光看來，一位收入頗豐的演藝人員而住在這樣的香閨裡，就似乎太過簡陋、太過寒傖了。起碼，歐式的、成套的彈簧床、梳妝臺和壁櫥是不可少的；還有，進口的高級床罩、地毯、壁紙、燈飾、壁毯等等也都是必需品。否則，又怎能襯托出主人「高貴」的身分呢？

不過短短的十年之間，我們在物質的享受上，真可以說得上突飛猛進；在物慾的貪求上，更是沒有止境。有了洋房想別墅；有了汽車想遊艇；有了黃金想鑽石；有了財富想權勢。終其一生，孜孜營求，不達目的誓不休；彷彿此生就是為了物質的享受而活，除了感官舒適的要求之外，就沒有其他的目的。與我國傳統淡泊名利的人生觀以及飄逸豁達的出世精神完全背道而馳。

功利主義與享樂主義取代了恬淡的儒家思想與相傳了數千年的儉樸美德，到底是誰為為之？孰令致之？這樣說來，工業社會的邁進與經濟的起飛，從另一個角度看來，似乎也不算是一件十全十美的好事。怎樣能夠做到人人豐衣足食、社會繁榮而不至流於奢靡浪費，實在是很難恰到好處，適可而止的。今天覺得十年前的居室佈置太過簡陋，十年後再看今天的也一定如此，人的慾望又那有止境呢？畢竟，住在陋巷中「安貧樂道」的思想早已不合時宜。

中午何處去？

有人開玩笑說：中午到西門鬧區去走一趟，每十步就會碰到一個熟人。為甚麼？難道全臺北市的薪水階級在中午休息時都跑到西門鬧區來湊熱鬧？

不錯，西門一帶的電影院、百貨公司、茶樓、餐廳、咖啡室、服裝店、皮鞋店、委託行……的確都是消閒的好去處，正好利用來消磨中午的兩個鐘頭。但是，難道距離西門不遠的新公園、介壽公園與植物園內的花草樹木、涼亭、小橋、池塘；博物館、歷史博物館、藝術館、科學館所陳列與展出的文物及藝術品；中央圖書館浩瀚如海的藏書；還有重慶南路每一間書店中令人眼花繚亂的新出版物……對一般人都沒有吸引力？為甚麼只看到有人在公園的長椅上打瞌睡，有人在圖書館裡寫情書，而很少人認真去享受大自然的一切或者懂得欣賞藝術和閱讀的樂趣？這又牽涉到前面所提及的老問題了：感官和物質的享受遠勝精神上的享受。

在臺北市一住三十二年有多了，不知道為甚麼，與西門鬧區似乎特別有緣。早期就在電影街的邊沿住了十幾年；而三十年來，上班的地點又老是在西門一帶，因而我自己每天中午也必定在這一帶出現，也的確每天都會碰到不同的熟人。有時，還會很傳奇地碰到二三十年沒有見過面的老鄰居或老同事等等，那份驚喜，自然又是意外的收穫。

在西門一帶上班的薪水階級們中午真的非得在這鬧區中擠來擠去不可嗎？電影院的午場與中午的茶樓經常客滿，銜接衡陽路和成都路的那兩座陸橋看來已有不勝負荷之感。朋友們！中午往何處去消磨？是不是得改變改變路線了呢？

民國七十一年《中央日報・副刊》

見不賢，內自省

有一天我從桃園中正機場乘坐中興號公路車返回臺北，那時已是黃昏時分，班車上卻坐得滿滿的，因為人多，連冷氣都不怎麼管用了。

在悶熱中，最令我不能忍受的是大部分的乘客都在抽煙，滿車廂煙霧瀰漫，煙味薰人欲嘔，幾乎使我窒息。不久，我又發覺這班車特別吵，似乎每個人都在高聲談笑，而坐在我前面的兩個男人的笑聲更是特別刺耳。再聽聽他們說話的聲音，原來說的竟是日語，這一下我明白了，這部班車上絕大部分都是日本來的觀光客。車程雖短，我可有得受的。

也許是心理作用吧？一知道了這批沒有公共道德的是日本遊客，我的厭惡之情就更加加重。自從日本佔領我東三省以後，那時我雖然還是個無知的童子，對這個侵略成性的東鄰國就非常痛恨。到了七七事變，更由於身受其害，在八年中飽嚐跑空襲警報以及顛沛流離之苦（到了戰後數年，聽見飛機的聲音還會害怕），而產生了仇視日人的心理。如今，我跟那些曾經侵略我們國土和殘殺我們同胞，而現在又竄改教科書，企圖掩飾當年罪行的敵國人民面對面地同坐在一部車廂裡，過去侵略我國的罪行雖然不是這些人的過錯，然而我的熱血還是在沸騰。更何況，這些人的行為是如此不檢點，如此不自愛？我知道，這個時候我的臉色一定很難看，還好，除了同行的外子，車上沒有一個人認識我。

車子駛入市區，到了美麗華大飯店門口，果然證實了我的想法；這些全是日本人，他們全都下車了。這批日本遊客大部分是中年男子，而且看來都像是小商人的階級。絕大多數都身軀臃腫，面目可憎，穿著又十分土氣和俗氣。他們下車之後，車上頓時清靜起來，但是卻留下一車的煙霧。我忽然想起某一篇專門描寫日本觀光客到臺灣來的所作所為的小說，就更感到噁心。最近南韓和香港都有種種對日本人表示抗議的行動，我們為甚麼就不能拒絕接待這種沒有水準的遊客？

撇開國家與國家之間的仇恨不談，一個國家的人民出國，就代表了他們自己的國家。這批日本遊客固然給人以惡劣的印象，然而我們的同胞出國又如何？像暴發戶似地到處搶購，在公共場合大呼小叫，不懂禮節，不講究衛生……還不是處處貽人以笑柄？我們討厭這種沒有公共道德、旁若無人的日本遊客，自己是不是也應該反省反省，想想自己有沒有這種丟人的德行呢？「見賢思齊，見不賢而內自省也」，我們老祖宗的話還是千古的至理真言。

民國七十一年《新生報・副刊》

諍友之言

在報上細讀了索忍尼辛的演講辭「給自由中國」，不禁為之深深感動。這位世界知名的反共鬥士、二十世紀的思想家、諾貝爾文學獎得主，翩然惠臨寶島，給予我們的精神上的支援，使我們感到吾道不孤；他在訪華期間，更處處表現出平易近人的風範，苦行僧般的儉樸行為，也令人肅然起敬。而他這篇演說稿不但完全沒有譁眾取寵或者討好我們的任何字句，反而苦口婆心，靜靜直言，不惜當頭棒喝，像這樣一位諍友，正是我們今日所最最需要的。

在他的演講辭中，我認為：「貴國的經濟成就和民生富裕具有雙重特性：一方面它是全中國人民光明希望的所寄，另一方面它也可能顯露出你們的弱點。因為所有生活富裕的人們容易喪失對危機的警覺，沉湎於今日的生活，結果可能喪失了抗敵的意志，……」這一段話，正是我們朝野有識之士所憂心忡忡的一點。卅三年來，我們的日子過得太安定太富足了，中年以上的人早已忘記了抗戰時期和戰後共匪倡亂的顛沛流離之苦，而年輕的一代又對戰爭太過陌生。就這樣，在安逸中，大家都樂不思蜀的把杭州當作汴州，反共復國的雄心壯志也就慢慢的消磨淨盡。先賢范仲淹所說的「生於憂患，死於安樂」，變成了今日我們人人應該隨時用來警惕自己的座右銘。

如今，這位俄國友人也在提醒我們：「你們在臺灣三十三年的和平生活，並不意味著今後三年你們不會遭受攻擊。你們不是生活在無憂無慮的寶島上，你們應該全國皆兵。因為你們不斷地受盡戰爭的威脅。」只知耽於物質享受、醉生夢死的人們，索氏這番一針見血的話，該可以作為喚醒你們的暮鼓晨鐘吧？

缺乏自信心，過分倚賴外來的力量，也是我們的一大缺點。索氏真知灼見，又沉痛地這樣指出：「所有被壓迫的人民，包括蘇俄人民在內，都不能依賴外界的援助，唯有依靠自己的力量，……」求人不如求己，天助自助者，這是極其顯淺的道理。可是，當局者迷，也許，這些話出於一位異國人的口中更能引起警惕作用。

還好，索大師的話並沒有令人完全沮喪，他也給我們提出了光明的希望：「當前世界出賣弱者的現象甚囂塵上，說實在地，你們只有依賴你們自己本身的力量，可是你也有一個更大更光明的希望，那就是被奴役國家的人民，不會無限度的忍耐下去，當他們的統治者面臨嚴重危機的時候，他們就會揭竿而起來推翻暴政。」

這位真摯的諍友一再提醒我們要靠自己的力量，也為我們指出一片光明燦爛的遠景（這一片遠景我們當然早已看出），不啻給予我們一服定心丸，使我們增加了不少自信。當我們向這位諍友表示感謝之餘，每一位國民是不是應該捫心自問：我自己有沒有索氏所提到的那些弱點？我是否能夠不負索氏的期望？我又是否盡到了一個國民的職責，為反共復國大業貢獻了個人的力量呢？

民國七十一年《中央日報・副刊》

人在福中要知福

這一陣子，寶島上掀起了一陣吳榮根熱潮，不但報章上、電視上、電臺上刊登的和播報的都是吳榮根的消息，而且每個人口中談論的也都是吳榮根。的確，這位誠懇、純潔、彬彬有禮而又不脫稚氣的反共義士，已成了大眾的寵兒，年長的人把他當作自己的孩子，年輕人把他當作自己的兄弟，大家不但對他投奔自由的勇氣表示欽佩，也疼愛這樣可愛的青年。

尤其難得的是，吳義士雖然年齡很輕，卻很懂事，他勸勉生活在自由寶島上的年輕人「人在福中要知福」，這句話實在深獲我心。要不是曾經在困厄的環境中吃過苦頭，一個二十來歲的人怎體會得出這句話的真義呢？

「人在福中要知福」這句話正是我經常放在心頭警惕自己，掛在嘴邊與人共勉的一句話。的確，這三十年來安定、康樂而又繁榮的局面，可說是我們中國人近百年來所唯一享受到的最長久的太平（雖則我們仍然處於非常時期，但起碼到目前為止並沒有戰爭）歲月。這長時期的安定，不免使得一些人由於財富的增多而變得過份耽於逸樂，縱情聲色犬馬，肆意滿足感官的需求，因此逐漸在社會上形成一種奢靡的歪風。古人安貧樂道、淡泊名利那種高超的情操，早已被人嗤之以鼻。

慾望是沒有止境的，一個人享受慣了，就彷彿理所當然，根本不知道自己是在享受，反而會得隴望蜀，貪求無饜。這就是貪汙枉法、營私舞弊，以及醫德、商德……私德敗壞的主要原因，說穿了，無非是為了一個利字。

尤其是在臺灣成長的這一代年輕人，從小就在父母的蔭庇與呵護中長大，不懂稼穡艱難，不知天高地厚，要甚麼有甚麼，一個個都是天之驕子驕女。有些父母還用金錢給子女舖好一條平坦的大路，讓他們從幼稚園、國小、國中、高中、大學到出國留學都一帆風順，毫無阻滯，使得他以為人間全無疾苦，到處都是天堂。（這樣的過份寵愛子女，是不是反而會害了他們呢？）這樣的年輕人等於是溫室中的花朵，是禁不起風霜的，一旦進入社會，遇到任何的横逆、打擊與不如意，就會無法接受或適應。像這種不知世間愁苦為何物的青年，也必定會養成自私、寡情、缺乏同情心、倚賴成性、揮霍成習等劣根性，又怎能期望他們會珍惜自己所享有的福祉呢？隨便舉個例：大陸上的青年要是能夠有一副太陽眼鏡戴戴就認為很了不起了而我們這裡的青年，不論男女都是擁有滿滿一兩個衣橱的時裝而仍然嚷著衣服不夠穿。

又有一些人，他們的心態總是與眾不同，他們享受了三十多年來自由民主的生活，卻不知飲水思源，忘記了這是英勇的國軍枕戈待旦，保衛國土，以及有為的政府勵精圖治的成果。他們專門唱反調，在鷄蛋裡挑骨頭，以罵政府來表現自己的「見解不凡」；或則譁眾取寵，煽動一些無知與盲從的群眾，挑撥民眾與政府的感情，唯恐天下不亂，一天到晚吵著要「取消臨時條款」、「解除戒嚴令」、「開放黨禁和報禁」……甚至變成了共匪的應聲蟲或同路人而不自覺。像這種身在福中不知福的人，大概要嚐嚐極權社會中的奴役生活才會感到我們這個三民主義制度下自由社會的可貴吧？索忍尼辛在「給自由中國」這篇演講辭裡有下面的警句，「在南韓，年輕的一代和大學生，完全忘記了共黨侵略所帶來短暫的恐懼，而覺得他們所享有的自由似乎太少。可是，一旦當他們兩手被縛，被押送共黨集中營的時候，他們就會懷念和重估今天他們所謂不自由的價值了。」這一段話，真是值得這些曲解自由真義的人三思。

也許因為我是個身經戰亂、飽嚐憂患的中年人的關係，每當我看到社會上歌舞昇平，高度繁榮的現象，往往不免憂心忡忡起來。這些醉生夢死的人啊！難道你們忘記了海峽那邊才是我們魂牽夢縈卻又有家歸不得的故鄉？難道你不知道，狠毒的敵人正在虎視眈眈，已經用炮口對準了我們？索忍尼辛在那篇演講辭中就說過：「你們在臺灣三十三年的和平生活，並不意味著今後三年你們不會遭受攻擊。」當局者迷、旁觀者清，這位異國反共鬥士的話也許會使得這些人驚醒吧？

平靜、富裕、安和、樂利的幸福歲月也許會令人喪失鬥志，甚且會愚昧地看不清自己的處境；然而，只要隨時提高警覺，莊敬自強，父母以此勉子女，師長以此勉生徒，庶幾可免大家沉淪在物慾的深淵中而不能自拔。

更願每個人都記取吳榮根義士的忠言：「人在福中要知福」，今天全臺灣一千八百萬人所享受的福祉是政府三十多年來奉行三民主義得來的豐碩果實，我們要珍惜它，絕對不能讓少數害群之馬來把它破壞。

民國七十一年《中央日報・晨鐘》

這兒不是世外桃源

今春節前後連綿匝月的霪雨，下得人心煩，也使得我這個對年節一向不感興趣的人更加不帶勁。但是，放眼四周，尤其是在鬧區的大馬路上，人如潮湧，年前是大包小包的搶購，年後則是拼命往娛樂場所擠，到處那種爭先恐後、栖栖皇皇的景象，簡直就是世紀末的味道。雖然西方人在耶誕假期裡也會狂歡一番，但他們注重的是過節的氣氛；而我們逢年過節則偏重吃喝（報載今年春節臺北市的菜市場就出售了一億零九百多萬元的鷄、鴨、魚、肉，還不包括臘肉，香腸等在內，這個數目夠驚人了吧？）追求的是感官上的滿足，這實在與我們一向所標榜的精神生活背道而馳。要是在農業社會，一年一度慰勞慰勞終年胼手胝足的辛勞，確是無可厚非；然而在豐衣足食的今日臺一年三百六十五日那一天不是在過年？幹嗎還要在這個日子裡大吃大喝？為了百貨公司的折扣而亂買一些並不見得有需要的消耗品呢？政府提倡不拜年不送禮已有多年，但是很少人實行；而「恭喜發財」這落伍的觀念仍然深植在每個人的腦筋裡。近年雖然已有一些頭腦較新的人士懂得利用春節假期出國觀光或者在國內去旅遊一番；可是由於地狹人稠，人口爆炸，馬上又變成一窩蜂的現象，使得本來應該是十分歡樂的旅遊（包括了國內和國外的），成為痛苦的經驗，這又豈是始料所能及的？

然而，除了吃喝玩樂以外，難道就想不出較有意義的度假方式嗎？在家享受天倫之樂、看看書、聽聽唱片……這些靜態的休閒生活，不是平日窮忙的你我所嚮往而得不到的嗎？為甚麼不利用這個一年中最長的假期來從事呢？這恐怕正是一般人不願意再過糖神生活的證明吧？

從我們社會上這種沒有意義的渡春假方式，以及一般人的苟安心態，不禁使我聯想到當今最令人關心的「憂患意識」的問題。自從我們這個社會以一種暴發戶的姿態出現，自從功利主義和物慾矇蔽了每個人的心，我就開始憂心忡忡的想，這樣一個歌舞昇平的社會，那有一點點非常時期的景象？那有一點點臥薪嘗膽的復國精神？再這樣下去，人心都由於物質享受的過度豐盛而變得痲痺了，國家還會有前途請看看那些窮兇極惡的飲宴，他們的肚量大得在一年之中就吃掉一條高速公路。請看看馬路上胡亂模仿歐美、怪模怪樣的所謂時裝；有人在大白天穿著閃亮的長禮服在大街上亂跑；也有人穿著睡衣上美容院和菜市場；這怎能代表我們的上國衣冠？不論都市或鄉村，新式公寓的客廳中都擺著一個放滿洋酒的酒櫃，這算是那一門子的文化？儘管滿街上大小汽車如流水，表示了我們的社會繁榮、經濟起飛；但是，交通秩序那樣亂，人車互不相讓又怎配稱禮義之邦呢？從我們社會的這種生活型態看來，都可以證明物質生活太過富裕是足以腐蝕人心，令人喪失鬥志的。

「憂勞可以興國，逸豫可以亡身」，古今中外歷史上，多的是可以印證六一居士這句名言的例子，我們能不警惕？「先天下之憂而憂，後天下之樂而樂」，范仲淹這流傳千古的警句，固是聖者胸懷，非一般凡夫俗子所能企及；但是，我們必須認清「生於憂患，死於安樂」這不易的真理，居安思危，不要樂不思蜀，不要把杭州當作汴州；明瞭我們現在是棲息在一座活火山的邊緣，而不是安居在世外桃源裡。讓我們拋開物質的享受、摒除物慾，多多參與國事，時時以民族國家前途為念，記取歷史的教訓，毋忘在莒，更不要存著偏安的心理，以今日經濟上的成就而滿足。自由民主的生活固然幸福，但是，這份幸福必須讓海峽兩岸的中國人都享受得到，才算是澈底地完成了國父和先總統的遺志以及我們的復國大業。

民國七十二年《中央日報・副刊》

新春走筆

大年初一趕早出門的經驗，過去不是沒有，可是都沒有今年的奇妙。為了要到辦公室值班，我在八時一刻就出門，一出門就碰到一部嶄新的銀灰色計程車，車廂內外都非常清潔，司機的態度也很好，這已使我感到相當愉快。宿雨初歇，街上的空氣居然有點清新，路上行人稀少，車子也不多，跟平日車輔壅塞、寸步難行的情況大不相同。一路上風馳電駛，毫無阻滯，不到十五分鐘，就已到達了目的地。住在臺北，這真是難得而罕有的經驗。這時，我不禁貪婪地想：要是大臺北的空氣和交通秩序能夠經常這樣，那該多好！

大年初一獨處一室的經驗，過去也經常有，可是，也都沒有今年的奇妙。在青、壯年的時代，每年的大年初一，丈夫總是未能免俗地整天外出拜年，孩子們也跑到外面跟小朋友玩兒去。於是，我就只好一個人守在家裡。在那種年紀裡，還未達到今日物我兩忘、心如止水的境界，不懂得欣賞享受那份難得的清靜，往往感到寂寞而又無聊；因此，我對過年也一直沒有甚麼好感。如今，卻是渴望能過一個安靜的年節。

今天我懷著愉悅的心情走進空寂的辦公廳，一想到我將會有四小時完全屬於自己的時間，這四小時內將沒有公事，沒有電話，沒有訪客，也沒有人打擾，就感到這彷彿是意外得來的半日閒。我要好好地利用這完全屬於自己的四小時，讀讀書，寫點東西，沉思，反省。

昨夜睡得十分不好，才上床，就被此起彼落的爆竹聲轟得睡意全無。不知那一位芳鄰，還大放其電光炮，不但聲音特別響，而且還會發出眩目的強光，使人有置身在炮火連天的戰場中的感覺，頗為嚇人。好不容易等到午夜過後，爆竹聲漸減，得以朦朧入睡，早上的鞭炮又開始響個不停。我不大喜歡這種製造噪音與的玩藝兒。小時候，每逢過年，街上的頑童惡少，專以把爆竹扔到女孩子身上嚇唬她們為樂，我吃過這種苦頭太多，迄今對鞭炮還心有餘悸。真的，爆竹不但製造噪音和髒亂，而且又具有危險性（常有兒童因玩爆竹而被炸傷，甚至還會引起火災）；雖則習俗相沿，政府不便明文禁止，為什麼沒有人提出改用錄音帶來代替呢？這種錄音帶除了錄上鞭炮的劈拍聲外，還可以錄上舞龍舞獅的鑼鼓聲以及與過年有關的歌曲。有了這種錄音帶，喜歡或者需要放鞭炮的人就可以在家裡放而不必騷擾別人了。區區愚見，不知有人同意否？

從放鞭炮拔除不祥這種過年習俗，我又想到我們過年時親友見面的互相祝賀語。西方人在祝賀耶誕和新年時都用「快樂」一詞，我覺得這「快樂」兩字用得很適當。個人感到快樂時，必天是身心都處於健康狀態中，環境也一定順意，能夠如此，復有何求呢？而我們在新年裡卻一直是把「恭喜發財」掛在嘴上，多麼功利，主義！多麼拜金！如今在英文的外來語中已有了國語和粵語兩種「恭喜發財」的音譯，即使不會說中國話的老外，大概也會像說「叩頭」、「頂好」、「旗袍」、「點心」等名詞一樣琅琅上口了。在他的心目中，將會對我們的民族性作如何的評價。

還好，近年來「恭喜發財」一詞已漸被「萬事如意」取代。記得幼年時好像大家說的寫的都是「百事如意」，近年變成「萬事如意」，包涵更廣，意義更加吉祥。有人認為「萬事如意」還不夠，怕「萬一」不如意，又改為「事事如意」，這樣當然更是萬無一失。其實，「事事如意」應該不止是口頭上的頌祝語，事在人為，一個人只要沒有奢望，實事求是，有恆心，有耐力，願望一定會達成，想做的事也一定會成功的。我真希望每個人都能「事事如意」。

一個清靜的上午過得相當快。中午回家的時候，馬路上的行人稍微多了一點，不過絕大部分都是手提禮物、出去拜年的人。機關、商店，全都大門深鎖，車輛也比平時少得多。此刻的市區，跟昨天摩肩接踵、途為之塞的擁擠情形，恍若兩個不同的世界。那些人都到那裡去了，但願不是全都在家裡上了牌桌；或到聲色場所去狂歡作樂；或者坐在電視機前沉迷在那些千篇一律的綜藝節目中吧？四天半的假期，是所有薪水階級多年來唯一的一次「長假」，有多少人會事先計畫好怎樣去運用，怎樣去渡過一個有意義的假期呢？「休息是為了再走路」，我常常覺得我們是一個不懂得休息的民族。很多人一年三百六十五天都在拼命賺錢而從來不休息（他根本連花錢的時間都沒有）；很多人放棄休假而寧願拿全勤獎金。不休息的結果，健康弄垮了，工作也變成了苟且因循，永無進步，豈非得不償失？所以，西方社會的強迫休假，是不無道理的。套一句現代人的口頭禪，休假等於「充電」，充了電之後又可以生龍活虎般回到工作崗位上重新衝刺。即使是機器，操作得太久也會發生故障，何況血肉之軀的人類呢？古代的希伯來人、埃及人到羅馬人，都把每週的第七天訂為休息的日子，到了這一天，人人都把工作放下來；基督徒更是把星期日稱為安息日。可見古代的西方人已知道休息的重要。

前面提到怎樣去渡過一個有意義的假期，作為一個現代人，大概人人都知道出去旅遊是對身心最有的活動，也是最佳的渡假方式。可是在人口爆炸的臺灣，到處人擠人車擠車，也使得很多怕擠的人不敢在假日去旅行。由此，我又不免發為奇想，為了避免假日裡交通、旅館、餐廳、遊樂場所、名勝古蹟等地方的過度擁擠，是不是可以把假期分開來放呢？譬如說今年春節假期有四天半，要是有人不想在這四天半裡出去跟別人擠，而寧願照常上班，在不妨礙、不影響他本身業務的情況下，他是否可以把假期保留到春假過後才享受呢？假使這一點行得通，而又蔚成風氣以後，我相信假日裡的交通和所有公共及娛樂場所裡人山人海的情形定會有所改善，而更多的白領階級也可以真正享受到假日的樂趣，不必為了怕擠而只好窩在家裡了。個人這點不成熟的構想，又不知會不會引起一些共鳴？

過了一個清靜的大年初一上午，雖然並沒有像計劃中那樣讀了書，或者對自己作了一番反省；不過倒也思潮起伏，沒有讓自己的頭腦休息過。但願我那些不夠成熟的構想不只是一種遐想，能夠在經過努力與改革之後付諸實現；那麼，也許就不至被人譏為書生之見了。

民國七十三年《中央日報・副刊》

帖何必香

帖何必「香」

不知道甚麼時候開始，我們的生活水準越來越高，對感官的享受也越來越講究；吃的一定要價昂才美味，像寶島盛產的水果不吃，非吃船來的才顯得高級。穿的一定要巴黎的時裝，真絲的，純毛的，這樣才襯托出自己的身分。居室的裝潢佈置也唯歐美的馬首是瞻，要是沒有三兩種美國名牌的家電、一套歐式的皮沙發，又怎夠氣派？至於行嘛，有一部二手汽車的人已經沒甚麼了不起了，換一部八〇年的賓士牌那才足以提高自己的身價與地位。

我們到夜總會看低俗的表演，到電影院看刀光劍影的武俠片，在家裡看千篇一律的電視綜藝節目和冗長乏味的連續劇，以取悅我們的視覺；聽歌星們用發嗲的聲音唱出來的靡靡之音來娛樂我們的聽覺；以味精烹製的食物來滿足我們的味覺；說到嗅覺，天然的花香以及青草的芳芬沒有人喜愛，一般人反而喜歡去聞人為的香味。

香水可以增加女人的魅力；檀香可以使人神清意遠，這都算是可愛的香味；其他絕大部分的人為香味像劣質脂粉及某些調味品等，都是我所不能忍受的。近年來，不知是誰作俑、認為燙金、凸花印刷的帖子還不夠豪華，居然還要在上面噴上「香」味。這種「香」味之怪，很多人都受不了；但是這種「香」帖子卻越來越流行，舉凡喜帖、壽帖、酒會請帖等等，若不印得「香」噴噴的，似乎就不夠體面，流風所及，已蔚然成習。儘管收帖人不見得喜歡（有些人甚至討厭）這種多餘的氣味，為了自己的面子，發帖人還是願意花這筆加添「香」味的冤枉錢，這該是何等重大的浪費！

食色性也，喜歡美食、美色和香味，原是人之常情；問題是，目前流行的「香」帖，其氣味太怪，不但花了錢不討好，大家嗅得太多，恐怕鼻子都變得麻木，久而久之連香臭都無法分辨了。

吃的今昔

真的是風水輪流轉，十年河東，十年河西。從前，咱們以鷄鴨牛羊等肉類為滋養的食物；「面有菜色」，代表的就是營養不良。可是，在一般生活水準都已提高的今日，大家對肉類都有點怕怕了。中老年人是怕膽固醇太高會得心臟病、血管病、糖尿病;年輕人怕胖;而小孩子則是吃厭了。

記得剛來臺灣的時候,一般人家都是在宴客時或者有人過生日才吃雞鴨,本省人做拜拜也以雞鴨為上菜;曾幾何時,雞鴨變成了不受歡迎的菜餚,連孩子們都拒吃雞肉,雞頭更淪為北京狗的食物。

繼粵菜、湘菜、川菜、江浙菜之後,講究吃的國人如今又以海鮮為時尚。其實,海鮮中的膽固醇也很高,只不過這些既然是時髦的玩藝兒,也就不妨「拚死吃河豚」罷了!何況,對人體無益而味美的食物多的是,我們既不能不食人間煙火,又那能管得這麼多呢?

慾望

今年天氣似乎有點反常,十月了,氣溫還高達三十幾度,在大太陽底下,真是把人熱得頭昏腦脹、汗流浹背。這個時候,唯一的慾望就是能夠把領口解開,到陰涼的地方去喝一口水。

人的慾望其實非常簡單,餓了想吃,睏了想睡,冷了想添衣,累了想休息,如此而已。原始社會的人連衣服都沒有,冷了只想披一塊獸皮和生一堆火。等到社會漸漸文明,生活環境趨於複雜;於是,人的思想和慾望也跟著變得複雜起來。古語所說的「飽暖思淫慾」,正是這個道理，一個人要是連溫飽都顧不了，又那有閒情去想其他的享受呢？

中共驅使老百姓去下放去勞改，使得那些即使滿腹經綸的學者專家們在體力消耗殆盡之後，也就跟目不識丁的老農一樣，只剩下「日求三餐，夜求一宿」的原始慾望，完全沒有思想，只好像牛馬般的供人驅策了。共匪如此這般奴役人民，手段可真夠毒辣的。

慾望太原始，似乎跟文明社會配合不上；慾望太複雜，各種煩惱也跟著孳生。怎樣做到適可而止，做到「慾不可從，樂不可極」，那就得看每個人的修養了。

音樂會聽衆

由於近年來生活水準的提高以及政府與有心人士的提倡，這幾年，我們的音樂會也漸漸有了知音，不再會場冷清，小貓三四隻。尤其是國外音樂團體或音樂家的演奏會，更是座無虛席，盛況非常。

雖然如此，這並不能證明我們的音樂會聽眾素質良好。他們最常犯的毛病就是遲到，往往在節目開始以後才施施然入座，在肅靜的氣氛中製造噪音，令人嫌惡。還有就是有人帶小孩入座，製造紛擾。這兩點，其實主辦單位都可以在門口擋駕的不知道為甚麼始終不見執行。再來就是聽眾的水準問題，音樂會有一個不成文的規定，樂章與樂章之間是不能鼓掌的；但是有些門外漢卻是一聽見音樂停下來便亂拍手一番，實在貽笑大方。

據我所知，所有的音樂會或晚會都會保留一部分入場券送給一些有頭有臉的人物。而那些有頭有臉的人物又多數對音樂或表演之類沒有興趣而隨手送給別人。這樣一來，坐在音樂會或晚會的貴賓席上的各色人等都有，也就難怪洋相百出、貽人笑柄了。

讓愛好音樂的人都有機會到音樂會去，讓那些不愛音樂的人不要去附庸風雅吧！

民國七十年《青年戰士報》

觀念的改變

記得在童年的時候，母親常對我們姊妹說：「你們為什麼這樣挑嘴，這種不吃、那樣不吃。鄰居的阿芳，每天早上只吃兩碗白粥就去上學，卻是長得又白又胖的。你們可真麻煩啊！」

那個時代的家庭主婦，還不懂得營養學，以為只要吃米飯就可以長大。所以一般做父母的，在飯桌上都監視著孩子們的雙筷，誰多挾了一口菜，就會得來一聲吆喝：「別儘挑菜吃！吃飯呀！」

家裡來了客人，也是拚命的勸人家多盛飯。那個時代的人，可真是名符其實的飯桶。

如今可不同了，大家都懂得米飯的營養有限，人體的需要大部分仰仗於肉類、蔬果、蛋類和牛奶上；於是，一般人不再那麼熱衷於吃飯了。

尤其是近年生活水準提高，大家吃得太好，已有營養過剩之虞。怕發胖的太太小姐們有的每餐只吃菜而不吃飯；寵壞了的兒童更可能一口飯也不吃，只對冰淇淋、蛋糕和糖果有興趣；

請客的時候，再也沒有人勸客人努力加餐飯。

這種觀念的改變，是一個好現象，證明我們民生富足、社會進步。

＊　　＊

男主外、女主內，是我國社會上傳統的觀念。在從前，若是一個男子替妻子洗衣、抱孩子、洗碗什麼的，準會被人目為窩囊廢、沒出息。

而現在呢，堂堂男子漢提著菜籃在市場跟小販論斤兩，碰到熟人可以面無愧色。在家裡幫太太洗碗、洗衣服、擦地板，才是標準丈夫、賢外助。外國的專家們更勸做爸爸的人要多抽出一些時間來抱嬰兒、替嬰兒洗澡，扮馬給孩子騎，那樣才可以促進父子的感情哩！

的確，除了一些年紀較大的老頑固以外，現在已經很少男子在家裡茶來伸手、飯來張口地搭老爺臭架子了。一個男孩子在追求女生的時候，若果不表明他在家裡是媽媽的好幫手，恐怕很難贏得芳心的。

這種觀念的改變，也是一個好現象，因為它證明瞭我們是個男女平等的社會。

＊　　＊

在從前，使用胭脂水粉、穿紅著綠、為悅己者容，是青春少女、新婚少婦的權利；一旦為人之母，就得洗去鉛華，打扮得端莊樸素，作賢妻良母狀。到了三四十歲，便是老夫人、老太太，邁著一雙小腳，出入都要丫環攙扶，「老態龍鐘」了。

男人也不例外，一進入中年，就得留起鬍子，擺起老翁架子，不時乾咳幾聲，以示威嚴。可是，今日的人真福氣。尤其是生活在寶島上的人，由於社會安定、國民所得提高，而且又受到歐美風氣的影響，打扮已不是年輕一代的專利，阿公阿婆照樣可以裝扮得花枝招展。

而且，因為中年人的經濟條件比年輕人好，所以，他們的購買能力也比較強。因此，成套的舶來品西服，真絲領帶、義大利皮鞋，都穿在中年紳士的身上。老女人雖然因為身材走樣而無法著模特兒身上的巴黎時裝；可是她們買得起瑞士的衣料、英國的毛呢大衣、美國的鑽戒，依舊可以打扮成風華絕代的貴婦人。

在街頭，人們看到穿著花花綠綠的夏威夷衫的老先生，或有畫著眼線、穿著最時髦服裝的老太太，已經很少人會投以證異或鄙夷的眼光。因為大家都知道，這是一個自由而開放的社會，每一個人，不論年齡和身分，他有權愛怎樣打扮就怎樣打扮。

這種觀念的改變，當然也是一種好現象，它證明瞭我們社會的自由和富裕。

《青年戰士報・新文藝》

從西方食物說起

說起來真可笑，活了大半輩子，到現在才體會到，對某一件事，若非自己曾經親身經驗，或者真正的了解，否則最好不要妄加論斷。

事情是這樣的，記得從前看到報上對一些少年球隊出國比賽的生活報導，說他們吃不慣外國的食物，我當時就認為，這些孩子未免太不會適應環境，也太嬌貴了，入境隨俗，偶然吃吃口味不同的食物又何妨呢？

誰知等到自己遠渡重洋到了太平洋彼岸，那才明白西方的飲食的確難以下咽。在國內吃到的西餐和西式食品，都是適合國人口味的，偶然嘗試一下，會覺得很好吃。九年前到韓國去，吃到當地的魚肉沙拉麵包，魚肉新鮮，味美無比，那還是我們的東方口味。今年夏天到紐約探視兒子，卻吃到了世界上最難吃的三文治和漢堡包。在我到過美東和加拿大的幾個城市中，無論吃那一種三文治或冷盤，裡面沙拉醬之酸，真是令人受不了。漢堡包裡面，除了一塊碎牛肉或炸魚排，上面澆些番茄醬外，就甚麼作料也沒有，而且無論牛肉或魚肉都索然無味，完全沒有鮮度。兒子嚇唬我說，說不定那些牛肉還是戰時的庫存品哩！一想到吃進肚子裡的只是一些冷凍了數十年的動物身上的組織，就不免感到噁心。

這時，我就忍不住對那些出國作球賽的小朋友大表同情了。我比他們幸運得多，住在兒子家裡，每天晚上還有一頓純中國式的晚飯，出門的時候也總是不辭勞苦地老遠跑到華埠去吃比臺北還道地的廣東菜和點心。真的，中國人就是中國人，當那些熱騰騰的美味菜餚一入口，腸胃就是特別受用，既解饞也能解鄉愁。

東西食物之不同，正如東西文化的互異。儘管西方文化有很多值得我們借鏡；可是在西方食物中，普遍受到國人喜愛的，大概只有冰淇淋、巧克力和咖啡這三種，至於三文治和漢堡包之類，只能說是等而下之的了。

冰淇淋香、甜、軟、滑，的確是罕有的佳味，也富營養。可能就是由於它太美味了，以至西方人士從小娃娃到老人家，有大半的人體重都超過正常，到處都是胖子。巧克力也是佳味，我最喜歡裡麵包有核桃、杏仁之類的硬殼果的，風味之佳，可與我們的花生糖媲美，可惜多吃還是會發胖和有害牙齒。

說到咖啡，我個人覺得似乎它的香味比味道更誘人。在香港上高中的時候，經過中環那些高級的咖啡室，往往被裡面飄出來的咖啡濃香，吸引得放慢腳步，彷彿就這麼聞一聞也是一種享受。不過，我卻不是一個真正愛喝咖啡的人，我必須加很多牛奶和白糖才喝，這是內行人所不為的。近年來，由於個人患了胃酸過多症，已不大敢喝咖啡。看見好些非常洋派的人經常一杯又一杯的猛灌黑咖啡，我對個中滋味的無法體會，正如我不明白為甚麼有些人喜歡抽香煙和喝酒一樣。

我覺得：假使要說茶是我們中國人飲料的代表的話；那麼，咖啡就是西方飲料的代表了。真的，茶是淡淡的、苦中帶甘、清香雋永，正像我們中國人的個性一樣：含蓄、謙卑、忍讓、吃苦、恬淡。而加了牛奶和糖的咖啡，又像極了西方人（尤其是美國人）的個性。他們的嘴巴甜甜的，而又禮貌周到，就算對方是個連姓名都不知道的陌生人，也可以「甜心」、「寶貝」、「親愛的」叫個不停也不怕肉麻。事實上，他們是口是心非，表面熱情，內心卻冷淡。而在另一方面，西方人的感情又較為濃烈，無論愛或恨，都往往走極端，就像濃濃的咖啡或烈酒。而且，咖啡精只能沖一次，茶葉卻可以沖好幾次，那種持久深遠的特質，也符合了我們中國人的精神。

我並不頑固，對許多新觀念和西方文明都能接受，也極端贊成速簡的飲食，以節省人力和時間。平日自己一個人在家裡，午餐也往往不舉炊而吃現成的。出門旅行，更是絕對擁護一份三文治、一杯牛奶式的午餐，因為這樣既夠營養而又經濟。我在美、加兩國吃到的三文治，除肉類外，必定夾有蔬菜類，所以，人體需要的各種維他命都已包括在內，可惜沙拉醬太酸了對我這個胃酸過多的人不適宜。對青少年朋友們應該是沒有關係的吧？上面我雖然說過同情那些出國打球的小將對中國食品的懷念，但是卻不希望他們的領隊對他們太過嬌縱。小小年紀，適應性應該是很強的，多嘗試一些異國口味，正足以增廣見聞，何必故步自封，非吃中國飯菜不可？

中國菜固然是世界上最美味的一種；然而，外國又何嘗沒有可口的食品？除了冰淇淋、巧克力和咖啡，好吃的東西當然還不少。正如，中國文化雖然古老悠久，我們還是得汲取許多外來的知識一樣。

《中華日報・副刊》

維護本國文化

前些日子，在報上看到了一則新聞，知道新加坡總理李光耀在一次記者招待會上對中文特別推崇，不禁因為自己身為中國人而又懂得中文，也感到一份光榮與驕傲。

李光耀說：中文的優美、睿智以及它的格言，使他得到教誨，並且給予他許多信心。他又說，中國的儒家思想對解決現代問題具有極大的幫助，還可以作為我們的指針。學會中文，將會開啟舊知識的門戶，這些知識規範了人與人、長官與部屬、父與子、夫與妻之間的適當關係。

李光耀雖然是華裔，但他不是中國人是新加坡人。然而，他沒有忘記他身體中流著中國人的血液，不但把中文規定為當地的第二種官方語言，鼓吹當地的中國人放棄方言，改說國語；如今，更在一次電視上的中文運動座談會中這樣大力推崇中華文化，實在是令人感動。

反觀我們這裡，一般所謂學者專家們，在演講時，在談話中，在文章裡，一定不時的「夾帶」一些外文單字或名詞；而在他們引述別的學者專家的話時，也一定要引用西方名人的話，彷彿不這樣便顯不出他們學問的高深與淵博。

還有，時下一般青年學生，一窩蜂的沉迷於西洋的熱門音樂；跳狄斯可舞；模仿西方青年穿牛仔褲；人云亦云地把卡繆、沙特等所謂存在主義作家捧上了半天。要是叫他們背幾段古文，除了中文系的學生以外，恐怕沒有幾個人做得到。

而一般社會人士，也是以西方流行的服裝和化妝術的馬首是瞻；喝的是咖啡、可樂；家中佈置則以歐式為最時髦與高級，上流社會的知識份子更以用英語來交談為榮。

凡此種種崇洋與數典忘祖的現象，都是令人耽憂而且痛心疾首的。今日大陸上，共匪已把正統的中華文化摧殘得澈底無遺，我們有幸能夠居住在安和樂利的自由中國裡，怎可以讓西方文化和西方的生活習慣代替了固有的中華文化和傳統生活方式？我們老祖宗留給我們的文化遺產是豐盛而珍貴的，我們怎可以不好好保存而平白放棄？李光耀不是中國人，尚且如此愛護中國文化，而西方人士也都在狂熱地學習中國文化，我們為甚麼卻盲目地崇洋？須知西方文明是建立在物質上，那是短暫而不堅固的；而我們的文化是建立在精神上，所以才能夠維持數千年而不至消失。李光耀總理的話使我們感到慚愧。今後，但願我們的儒家思想、傳統道德、古代文學、藝術、民謠等等，能夠師授其徒，父傳其子的一代代傳下去，讓偉大、美好的中華文化永遠流傳。

《青年戰士報・新文藝》

雜感三則

井蛙之見

自從政府開放觀光護照以後，「出國」便形成一種風氣與時尚，行動不便的阿公阿婆，大字認不得兩三個的阿巴桑，只要拿得出那筆旅費，無不紛紛參加旅行團，到海外去喝喝洋水。這一窩風的觀光熱，證明瞭我們的民生富足，也證明瞭人人懂得「行萬里路」的益處，是好現象。

然而，也有少數自命不綴時不隨俗浮沉的人，他們一輩子沒有出過國門一步，就認為「全世界的都市都不過是一個樣子，有甚麼好看的？」而打定主意：一動不如一靜，我何必花這筆冤枉錢？

有這種想法的人思想太落伍了，他是自以為是，不肯接受新的知識甘作井底之蛙，寧願以管窺天，我真替他們感到悲哀。還好有這種想法的人不多，否則是會成為社會進步的障礙的。

「來」、「去」之間

兒子住校讀書的時候，每次寫信回家，總是說：「我已決定×日回去。」起初，我有點看不懂，回去？回到那裡去？再看第二遍，我才明白他說的是回家。假使他寫「回來」，不是就明瞭得多了嗎？我說他不對，他反而說我不對。當然，在他的立場，不錯是「回去」，可是他忽略了收信人的立場，而且他不懂得這也是一種禮貌。

年長一輩的人假使說：「有空到我家裡來玩嘛！」對方一定這樣回答：「好的，有空我一會來拜訪。」而年輕一代就一定說成「去拜訪」。在「來」與「去」之間，聽者的感受就大不相同。

又譬如我們打電話去訂一盒蛋糕。年輕的店員大概會回答，「我們會準時給你們送去。」去？在店員而言的確是去，在我聽起來，卻好像是去別的地方。要是改說：我們會準時給您送「來」或「送到府上」，不是有禮貌得多嗎？

「來」與「去」是兩代之間觀念不同的一個例子，也露出一般學生國文程度的低落。

午夜的電話

一個半夜裡，忽然被附近的一陣電話鈴響聲驚醒，接著又聽見一個男人打電話的聲音。這位仁兄打電話的聲音就算在白天也一定語驚四座，更何況是在靜夜裡？因為他根本不是用說，而是用吼用嚷，我相信他一定把四鄰都吵醒了。我想：現在怎麼還有這樣土的人，以為電話兩頭距離很遠，就要大聲的嚷呢？後來再想，也許他接到的是越洋電話，聽不清楚吧，也就原諒他的擾人清夢了。

現在，我們已進步到幾乎家家戶戶都有電話了，的確十分方便。可是，這具小小的東西，也給我們造成不少的困擾。首先，我們沒有不接電話的自由，只要鈴聲一響，你根本不知是誰打來的，無論是來拜訪的，推銷的，找麻煩的，一律得接聽不誤，除非你有個私人秘書代為擋駕。

此外，午睡時，晚間入睡後，清晨未起床前，也時時會有電話把你吵醒，而且又往往會有撥錯號的，真令人啼笑皆非。如今，又有鄰居午夜驚天動地的電話聲把人吵醒我們耳根到底何時可以清淨？文明！文明！人類得為你付出多少代價啊！

《青年戰士報・新文藝》

化「代溝」為「代鈎」

記得在上初中的時候，每次同學邀我去郊遊、游泳或者騎腳踏車，母親一定加以阻撓不讓我去，理由是怕發生危險。由於母親對我的「過份呵護」，使得我到現在還是旱鴨子一隻，也從來享受不到騎車兜風之樂。

還好，我當時對母親的管得太嚴只感到微微的不快，並沒有怎麼怨恨。現在想起來，這不就是代溝嗎？在青少年的心目中，郊遊、游泳、騎車，都是有益身心的活動；為甚麼在上一代（其實母親那時只有三十幾歲）的眼中，就認為具有危險性呢？一代與一代之間，看法竟然這麼懸殊？

有人深恨「代溝」這個新名詞，認為它會加深兩代之間的距離。其實，代溝是自古以來就存在著的，只不過古時候的父母權威較大，子女比較順從，即使有所不滿，也只有隱藏在內心，不敢表露出來而已。而現代的子女，因為受到西方風氣的影響，已經不像以前那樣的逆來順受而敢於反抗；於是，兩代之間便往往因為看法不同而發生衝突。

現代的父母看不慣兒子的長髮和女兒的短裙，也看不慣他們在婚姻、戀愛上草率的態度以及花錢的濶綽，對長輩的不注重禮貌；而兒女們也看不慣父母的守舊、固執與暮氣沉沉。兩代間思想、行為的差異，就是代溝的由來。

既然代溝不能避免，那麼，我們該怎樣來縮短兩代間的差距，把這道無形代溝填平呢？這是兩代的人都要負起責任，努力以赴的。

上一代是過來人，他們也曾經年輕過；所以，他們應該了解年輕一代的對他們不當的行為只能加以規勸，而不能夠採取高壓手段去阻止，以免引起反感，發生反作用。凡事應以身作則，以身教代替言教；整天向子女嘮叨，他倆會當作耳邊風；親自給子女示範，使他們日常耳濡目染，往往可以收到潛移默化之功。

年輕一代，多富有進取心，也有衝勁；可是，他們缺少的就是經驗，思想也不夠成熟。假使他們肯虛心向長輩學習處世方面的態度，就可以彌補一般青年人莽撞、輕浮的缺點。

下一代是上一代的延續，長江後浪推前浪，一部人類史就是一代又一代承前啟後連續而來的。一代與一代之間的關係既如此密切，大家為甚麼要壁壘分明，畫開一道楚河漢界呢？上一代何不對下一代多容忍一點（想想自己當年也曾經犯過錯誤），下一代也對上一代多加尊重（自己有一天也會老的）；兩代之間融融洽洽，化代「溝」為代「鈎」，彼此銜接起來，豈不皆大歡喜？

民國七十一年《婦友》月刊

掇拾快樂

集腋可以成裘，聚沙可以成塔；涓涓不息，可以成為江河；一元一角，也可以積成財富。那麼，終日愁苦的人，為甚麼不把一絲怡悅、一些喜趣，積聚成為一天的快樂呢？

清晨睜開惺忪的睡眼，啊！陽光普照，好鳥枝頭，好一個晴朗的日子，這豈不是今天第一件樂事？上班時，一走到公車站，就遇到一部居然還有空位的公車，又是一次小小快樂。在辦公廳裡，一件懸而未決的公事解決了，多麼的輕鬆快活！忽然收到一位多年未晤的老友的來信報平安，又是何等安慰與喜悅！中午到館子裡吃牛肉麵，味道特別鮮美，招呼也非常周到，也是一種愉快的經驗。下班回家，在擁擠的公車上有機會讓座給一位白髮老人，更是實踐了助人為快樂之本。走到自己的巷子裡，鄰家一個可愛的嬰兒伸手要你抱，那無邪的笑靨，是不是讓你甜到心坎？每天都有許許多多，各式各樣的小快樂在等待你去掇拾，只要你不忽視這些微不足道的小快樂，把它們當作是顆顆閃亮的明珠，串成一條晶瑩的鍊子，你的日子豈非充滿了歡欣？

讀到一本好書是一樁快樂；聽到一首美妙的樂曲是一樁快樂；看到一幅美麗的圖畫是一樁快樂；烹調了一頓美味的佳餚是一樁快樂；拍攝了一張得意的照片是一樁快樂；買到了一件便宜而合意的衣服是一件快樂；看到了一部令人滿意的電影是一樁快樂；院中的一棵木瓜樹在一夕之間結實纍纍是一樁快樂；在一次摸彩中中了一個小獎，是一樁快樂；……快樂無所不在，快樂就像空氣一樣充塞於天地間，我們為甚麼還要愁眉苦臉，唉聲嘆氣？

人們常戴著「世上不如意事十常八九」這種觀念的有色眼鏡來看這個世界；其實，這只是單一個角度的看法。要是你能夠把這許多的「不如意」化成「如意事」，想辦法去適應它，化解它，那麼還會有甚麼所謂的「不如意」呢？

英國的名詩人拜侖說過：「悲觀的人雖生猶死，樂觀的人永生不老」；英國也，有這樣的一句諺語「愉快的心情有如良藥一樣有益於身體」。的確，憂能傷人，煩惱也容易令人老；人世間原有著無盡的歡笑，生命是一座發掘不盡的快樂寶藏，它們就像江上的清風與山間的明月一樣，取之不盡，用之不歇的。我們只要隨地去掇拾，生命中自然就會充滿了喜樂，每一天都是個陽光璀璨的好日子，自己愉悅，也歡樂了別人。

民國七十一年《婦友》月刊

請聽聽音樂

在一個寒冷的冬夜裡，我獨自一個人坐在客廳裡欣賞中視每逢星期天晚上九點播出的《維也納時間》。這是我絕對不肯錯過的好節目，不必邁出家門一步，就能夠舒舒服服地觀賞世界一流的音樂會和芭蕾舞的演出，這是何等愜意的一回事！那一夜，播出的舒伯特的藝術歌曲專輯。當那些我熟悉多年的藝術歌曲如〈魔王〉、〈菩提樹〉、〈野玫瑰〉、〈鱒魚〉……等一首又一首的從音色雄渾而富於表情的男中音赫曼・蒲萊以及恍如春鶯出谷般的女高音艾達・莫瑟口中唱出來時，我整個人都陶醉在音樂的甜美中，完全忘記了被隔絕在厚重的落地窗帘外的低溫天氣。尤其是蒲萊唱到我特別喜愛的〈音樂頌〉時，我更是感動得熱淚盈眶。真的，正如這首歌的歌詞中所說的：「偉大的音樂！在那陰暗的時光裡，我跌落在人海狂瀾的深處，是你復活了我疲憊的心靈，使我解脫一切世俗間的煩惱，恢復了我的力量和自信心……」，音樂對人具有何等巨大的撫慰力量，當你在憂傷寂寞、徬徨無告之時，聆聽一首你所喜愛的歌曲或樂曲，心情自然會為之好轉。此外，音樂不但可以陶情悅性，美化人生，同時還能夠治病，也能夠使母牛糟產乳汁，這都是經過醫師和專家證實的。

在我們的社會裡，除了音樂界的人士外，愛好音樂的人似乎不多。儘管很多家庭都喜歡讓孩子去學琴，但是這並不意味著他們愛好音樂，他們這樣做，無非是想提高自己的身分地位，以及基於一種望子成龍的心理而已。我們社會上成人的一般興趣絕大多數是叉麻將和聽流行歌，懂得欣賞正統音樂的人可說少之又少；這也就是說，我們這個社會亟需美育的薰陶。要是多數人都能夠愛樂（當然也包括了閱讀文藝書刊和參觀畫展等），相信必定可以扭轉目前奢靡和虛榮的風氣，從而提高生活素質，把精神昇華到最高境界，因此，中視的推出《維也納時間》，把古典音樂呈獻給每一個家庭，可說是用心良苦的，只可惜接收的人恐怕不多。

一般人都知道「學琴的孩子不會壞」，卻沒有人說「愛樂的成人不會壞」。假使人人都肯拋棄聲色犬馬之娛，不再沉迷物慾，而把音樂以及其他藝術作為精神的寄託，整個社會必定會洋溢著一股祥和高雅的氣氛。

民國七十一年《婦友》月刊

漢謠魏什久紛紜，正體無人與細論。
誰是詩中疏鑿手，暫教涇渭各清渾。

——元好問

淺論抒情散文

「昔者莊周夢為蝴蝶，栩栩然蝴蝶也。自喻適志與，不知周也。俄然覺，則蘧蘧然周也。不知周之夢為蝴蝶與，蝴蝶之夢為周與？周與蝴蝶，則必有分矣。此之謂物也。」——莊子齊物論第二。

多麼超脫！多麼瀟灑！多麼舒放！多麼純真的一篇好文章！《莊子》雖然是一本討論思想和哲理方面的學術性著作；但是，你能夠不承認這段是極佳的抒情散文嗎？假使用現代的語體文把它翻譯出來，一定動人得很。莊子簡直是個奇才。

事實上，我國文體的演變是從詩歌而後有散文，而後有小說，而後有戲劇。而抒情散文的出現，應該是自韓、柳等人開始。莊子那一小段抒情文字，只是在中國文學史上的曇花一現而已。韓文重說理，不過他的〈祭十二郎文〉也相當抒情。這個時期的情文大都是寫景的遊記，像柳宗元的〈小石潭記〉、李白的〈春夜宴桃李園記〉、歐陽修的〈秋聲賦〉、蘇軾的〈赤壁賦〉等等，都是其中的佼佼者。這裡，我願意舉出蘇軾的〈夜遊承天寺〉一文，與讀者們共同欣賞。

〈夜遊承天寺〉全文一共不過八十七個字，上半篇平平無奇，妙就妙在下半篇的四十幾個字：「……月色入戶，欣然起行。……相與步於中庭。庭中積水空明，水中藻荇交橫，蓋竹柏影也，何夜無月？何處無竹柏？但少閒人如吾兩人耳！」把月色看成空明的積水，把竹樹和柏樹的影子看作水中的藻荇，而不正面描寫月色，這是何等高超的想像力，何等高明的手法！令人閉目就可以想見寺院庭前的夜景。最後三句「何夜無月？何處無竹柏？但少閒人如吾兩人耳！」又在抒情中蘊含著哲理。萬物靜觀皆自得，大自然的美景，隨處可以看得到；但是，假如你不懂得欣賞，沒有那份閒情逸緻，也就無法領略。

唐宋以後，散文大家很多，歸有光、袁氏兄弟，以至清代的隨園老人，都可作為代表。

至於五四以後的散文作家中擅寫情文的，徐志摩的風格是濃豔，感情強烈，濃得化不開。跟他相反的是朱自清，在平易近人中自有動人的力量。許地山是質樸無華。夏丏尊是清新可喜。而冰心文筆的雅麗清純，更是典型的閨秀派。

西洋方面，十六世紀末法國懷疑派思想家蒙田（Montaigne）是散文的始祖，他那自我表現的文體，就是後來抒情文的濫觴。二百年之後，英國的蘭姆（Charles Lamb），是師承蒙田體散文，公認為Familiar Essay的大師。他的《伊利亞隨筆》一書，富於幽默而情趣盎然。文中有個人的趣味、幻想、智慧、正確的判斷與深入的觀察，有時又表現出孩童的天真與好奇，真是最上乘的抒情散文。美國作家梭羅（Thoreau）的《湖濱散記》（Walden）；西班牙大詩人希梅涅斯（Jimenez）的《驢子與我》（Platero and I），都是最佳的抒情散文。前者敘述作者本人在瓦爾登湖畔隱居的生活，它不單只描寫湖光山色，而且還發表個人的人生哲學和思想，所以它的評價又在一般田園文學之上。後者描述作者本人與一頭驢子之間的感情，是用散文詩的體裁寫成，修辭之美，格調之清新，簡直無與倫比。

抒情散文，顧名思義，是抒發感情的散文。但是，作者所抒發的這種感情，必須能夠引起讀者的共鳴，否則便是無病呻吟，流於傷感主義（Sentimental）。

抒情的英文是Lyrical，而Lyrical這個字又是從七弦琴（Lyre）變過來。所以，我總覺得，情文必須帶有詩意，最好能夠有點音樂性，起碼也要有點美感。不過，這種美感必須是自然的、不假修飾的，方是上品；若一味堆砌辭藻而毫無內涵，那只是一個綉花枕頭而已。

抒情散文的範圍很廣，寫景、懷人、思鄉、憶舊、兒女之情，對小動物乃至一草一木的眷愛，都是很好的題材。

日本作家廚村白川在《出了象牙之塔》一書裡，一開頭便這樣說：「為什麼不能輕鬆些，坦白些說話呢？何必裝模作樣，或在理論上耍手法，拿自己不懂的學問來擺噱頭、弄乖巧呢？直爽地、天真些順著自然來說話，也不見得便貶低了身價。」廚村白川認為在藝術創作上應該赤裸裸地表現出真正的自己，這正是抒情文最恰當的解釋。

《中央日報・副刊》

文章千古事，得失寸心知

我們對文學創作應有的努力

文學創作是一條極其崎嶇漫長的道路，從事寫作的人首先必須耐得住一份寂寞，十年寒窗，在稿紙上一格一格地爬，一步一步地慢慢摸索。他們沒有掌聲，沒有喝采，沒有花籃；更不像歌星有歌迷，影星有影迷那樣風光熱鬧。作品能夠變成鉛字，偶然收到幾封讀者的來信，這便是他們無上的安慰。

儘管如此，為甚麼又有那麼多人從事寫作呢？樂聖貝多芬說過：「為何我寫作？因為我心中所蘊蓄的必須流露出來。」這就是了，「言為心聲」，喜愛寫作的人感情大多比較充沛，心中有所感觸就想藉著一枝筆來發洩；於是很多人因此而走上了寫作之路。

但是，拿出來發表的文章到底不是日記或者私人書信，我們的思想會傳播給廣大的讀者；

因此，在下筆的時候就不單只發洩感情，還必須考慮到它對讀者有沒有不良的影響。雖然有人反對「文以載道」，認為藝術就是藝術，不應該有任何目的；不過，一篇作品既然要拿出來公開，文責還是要自負的。

以我的淺見，在從事寫作時，下面的三個目標都應該是我要努力追求的。

（一）起碼要達到真善美的標準——就算是完全為藝術而藝術吧一篇作品，起碼也要具有美化心靈之功。感情要真，內容要善，文字要美，讓讀者享受到真善美的薰陶。在這裡，我再引用一句貝多芬的話：「我是替人類釀製醇醪的酒神」，要是所有的文藝工作者都能以人類心靈的酒神自居，我們的文藝界一定會綻放出滿園芬芳瑰麗的奇花異草。

（二）主題應該有益世道人心——我絕不鼓吹大家都寫說教式的文章，但是希望每一篇文章對世道人心都有所裨益，譬如說目前一般家庭都已不講孝悌，離婚率日益增多；朋友之間不重道義，只知飲食徵逐；社會風氣奢靡等，這都是值得令人擔憂的問題。作家們就應該針對這些問題，多寫一些以父慈子孝、夫妻恩愛、朋友之義、袍澤之情、仁人愛物、敬老尊賢、崇儉樸、戒奢靡等為主題的作品。

（三）以國家民族為大前提——我們目前所處的是一個非常時期，也可以說是一個戰鬥的時代。假使我提倡人人都創作戰鬥文學，那未免會顯得太嚴肅太硬繃繃。因此，怎樣在作品中表現出這個時代的精神，應該就是最重要的了。要是自己的一枝筆能夠歌頌出國家民族的偉大，表現出一個（群）人對國家民族的熱愛，鼓舞起國人的愛國的情操，這不就是書生報國之道嗎？諸葛亮的〈出師表〉、岳武穆的〈滿江紅〉、文天祥的〈正氣歌〉，以及陸游、秋瑾等人的愛國詩詞，所流傳給後人的浩然之氣，又豈是一些自命美得濃得化不開的唯美派文章所能比擬的？還有，一些懷念大陸故鄉之類的作品，雖然是消極性的，但是這類文章具有提醒讀者不要樂不思蜀的作用，所以也可以列入愛國文學中。

「文章千古事，得失寸心知」，作為一個文人，我們不但要忠於藝術，更要忠於自己的良心。但願每一位從事文學創作的人，今後都能夠本著良知，在下筆之前，先想想自己這篇文章是否達到了真善美的標準，是否有益世道人心，或者是否以國家民族為前提？假使我們的一枝筆真的能夠為社會國家盡了一分力量；那麼，寫作的道路雖然寂寞，我們的心靈還是很充實的。

《臺灣新聞報》

漫談嬰兒讀物

做夢也沒有想到，我又在書店中找尋兒童讀物了。不是兒童讀物，是幼兒讀物，說得更明確一點應該說是嬰兒讀物才對。因為我是買給我的小孫女看的，而她還不到十三個月大。嬰兒也會看書？也許有人不相信。但是，我的小孫女的確是在七、八個月大時就會看書，而現在竟然要我陪著她看圖畫書，給她說故事。

人生真是十分短促，怪不得古人說「再回頭已是百年身」。不要說我替我的孩子們每期在成都路一個書報攤上買《兒童樂園》的情景恍如昨日的事，就是自己幼時父親買《兒童良友》給我看的往事也還依稀記得；一轉眼，我居然要替自己的孫兒買書了。雖然她才一歲，還不到識字的時候，看書似乎太早了一點。

我不敢說我的孫女特別聰明。她生下來體重、身高都合乎標準，一切發育都很正常。可是到了六個月以後，因為換奶粉的關係，她開始拒吃奶，就此就變得比一般嬰兒瘦小。她雖然也是七個月會坐，八個月會爬，但是卻到了第十個月才長出一點點下牙。到現在十三個月還只有六顆牙齒，剛開始學步，只會叫爸爸、媽媽、和爺爺。很顯然地，無論在體能和智力方面都比別的嬰兒發育得慢。鄰居有很多嬰兒在四個月就長牙九個月就會走路了。

不過，她也似乎天賦一些「異稟」，兩三個月時，就會注視著牆壁上的掛畫，顯得很感興趣。五六個月時，會咿咿呀呀地跟著大人「唱歌」。七八個月以後，一看到書就要翻開來看，也開始對電視發生興趣。最絕的是：中視的氣象報告有一個時期採用卡通畫，有一個鏡頭是兩個小朋友在做體操。我們告訴她這是體操，並且學著做給她看。從此，每逢聽見電視機上播出「氣象報告」四個字，不論是那一臺，不論有沒有小朋友做體操卡通，她立刻就笑嘻嘻地擺動雙臂作體操狀，累試不爽。

我因為她喜歡翻書，為了避免被她把書頁撕破，有時，就拿一些過期雜誌的彩色頁給她看，在她的理解力範圍內告訴她圖中是甚麼東西。誰知她從此就上了癮，一天到晚纏著要我為她講解書中的插圖。多年前，我為教育廳的兒童讀物小組撰寫過一本給二年級小朋友閱讀的故事《一個真的娃娃》，就找出來給她看，並且一頁一頁大略把插圖的主題說給她聽。大概因為插圖中的人物像小姊姊、小娃娃、爸爸、媽媽，還有汽車、木馬、花兒、小鳥這些東西都是她熟悉的，她簡直高興極了，一面聽一面笑，愛這本書愛得不忍釋手，一天不知道要我說多少次給她聽。真沒想到，自己的孫女竟然成為我一個最小也最忠實的讀者。

雖然一個十三個月的嬰兒還不懂得對一本書看厭，但是我這個「說書人」卻厭倦了。我想：她既然這麼喜愛書，就提前讓她擁有自己的書吧！於是，我到書店去為她挑選圖畫書。

書攤上、書店裡，花花綠綠的兒童讀物似乎真多；可是，仔細一看，夠水準而內容健康，對兒童心理有所裨益的實在太少太少。不是翻譯西洋的就是東洋味太濃的；不是神奇鬼怪的，就是古老陳舊的，而且印刷大都粗劣。要想找一本印刷得精美一點，合乎幼兒閱讀的圖書，竟是難乎其難。

我看見有幾套幼兒字典，不但裡面的字太深，而且那些插圖都已不合時代。譬如「爺爺」、「奶奶」都是白髮皤皤的老公公、老婆婆；「鞋子」竟是布鞋；「電燈」竟是最舊式的斗笠形燈罩。這不是開倒車是甚麼？

當然，一個十三個月的嬰兒，並不會讀書，我只要選插圖美麗、淺易的就行。我在幼兒讀物的那個架子上挑了一下，找到三本最淺近的圖畫書，一本是《醜小鴨》，一本是《小鹿斑比》，一本是《小胖熊》；雖然這些跟嬰、幼兒的現實生活仍然脫節，但是它們起碼不神怪，而且純潔而健康，於是我就買了回去。小孫女固然沒有見過鴨子和鹿，小胖熊跟她的玩具熊也不怎麼像；不過，她還是很高興的指著圖畫中的幾種小動物哈哈的笑起來。這時，我不禁慚愧極了，《醜小鴨》是丹麥童話家安德生的作品；《小鹿斑比》是美國人華特迪斯奈的卡通；《小胖熊》無疑也是翻譯的。我們國內，難道就沒有適合幼兒乃至兒童閱讀的書本，為甚麼一定要拾人牙慧呢？我因為自己的孩子早已長大，跟兒童讀物脫節多年只跑一趟書店難免以管窺天，以偏概全。不過，每次上街，看見書報攤上花花綠綠、俗不可耐的兒童圖畫書，也就直覺的知道自己的看法雖不中，亦不遠矣。還有，在那些充斥街頭的出租連環圖畫書的攤子上，天真無邪的孩子一個個都埋首其中，沉迷中毒而不自知，家長和師長對此也視若無睹，這種現象我看了便覺心疼。

現代的兒童早熟得令人可怕，一歲左右的嬰兒便會看書，我相信，到了兩歲，一定就需要大量的故事書和圖畫書才能滿足他們的求知慾。我們的出版業近年來相當蓬勃，為甚麼很少出版家注意到兒童讀物的問題呢？讓我們為培植我們的民族幼苗盡點力量好不好？

《婦友》月刊

從洋名說起

前些日子，看見有人在報上討論中國人應不應該取洋名的問題，反應很熱烈，結果是見仁見智，各有不同的說法。

我覺得：這根本不是一個問題。一個人是否有洋名跟他的愛國心絲毫扯不上關係。假使某甲完全沒有跟洋人交往的機會，卻為自己取了一個洋名，這個人當然難逃崇洋的罪名。可是，假使某乙必須到海外去留學或經商，那麼，人稱呼而取一個洋名，那又有甚麼關係？多少外國朋友他為了方便洋到我國來不也都堂堂皇皇地採用中文名字嗎？他們的國人又何嘗罵過他們「崇華」？從這方面看來，我們的民族性似乎相當自大和小氣。洋人嚮往中華文化而習漢文、取中文名字，甚至一輩子留在我國服務，我們必定把他推崇備至；然而，要是中國人留在異邦楚材晉用，我們就會認為這個人不愛國、忘本、媚外。其實，一個人愛不愛國，並不在乎他是否趨時取洋名。當國家需要他們的時候，很可能約翰林、瑪麗陳會首先投筆從戎；而李有財、張火旺都置身事外也說不定。

假使我們要指責洋名，那些翻譯過來的商店名稱、舞廳名稱、旅館名稱、大廈名稱，才是應該糾正的。為了避免替他們做廣告，我在這裡我不擬把商店的洋名來舉例。且說那些大廈，甚麼白宮、白金漢宮、林肯、華盛頓、羅馬、碧瑤……等等，加上滿街洋化的招牌和到處的英文，又怎不讓觀光客們目瞪口呆，不知道自己是到了香港或新加坡抑是臺北？我們有許多現成的大廈名字如「玉樓」、「琼樓」、「玉宇」、「鳳樓」、「華屋」等等，為甚麼不用？要不然，配上大陸的地名也很好。如今，弄得到處都不中不西（那些外形千篇一律的建築物也要負責）的，毫無特色，才真是不倫不類。

韓國自從脫離日本而獨立以後，就禁絕日文日語，而且做得非常澈底。新加坡華洋雜處，是個民族大洪爐；但是他們的總理李光耀卻大力推行我們的國語，尊崇中華文化。三十年來，共匪在大陸極力摧毀我國的傳統文化，自由中國的臺灣省已成為全世界上碩果僅存能夠完全保存中華文化的地方，怎能讓滿街的市招充滿了翻譯過來的名字及外來語呢？

《青年戰士報·新文藝》

言語、筆跡、文字

人心不同，各如其面。一個人的性格與內心，固然可以從他的外貌、表情和舉止上表現出來。但是，足以洩露一個人內心祕密的，卻不單只這些，他的說話、字跡和文章（包括了書信和一切文字）也往往能夠忠實地反映出內心的活動和性格的類型。

「言為心聲」，任何人一開口說話，不但立刻可以分辨他的誠懇或虛偽，老實抑滑頭；甚至馬上就可以聽得出這個人的出身和教養，以及他肚子裡有多少墨水。教育程度比較低的下層社會分子，多數出言粗鄙，而且說話的聲音特別大，一張嘴就語驚四座。教育程度高的人，姑不論他的口才如何；但是他的談吐一定溫文有禮，音調也中規中矩，不至令人聽了刺耳。

雖說口才是天生的，但是後天可施以訓練。先天木訥的人，要是多讀一些書，一旦站起來說話，就算不能暢所欲言，他所說的話起碼也條理分明、要言不繁，不至於「不知所云」。有些人喜歡說話，可是卻沒有辦法用簡短的話去說明一件事，說話拖泥帶水、夾纏不清。這種人要不是學養不夠，就是生性囉嗦。柏拉圖說：「智者說話，因為他們有話要說；愚人說話，因為他們想說。」孟德斯鳩也說過：「那些無事可做的人都是說話者。人想得越少，便說得越多。」西諺又說：「言語是銀、沉默是金。」要是胸無點墨，又無高見，在人多的場合裡，還是少說兩句，或是免開口為妙，何必把自己的底細通通洩露在人前呢？與其言不及義，倒不如藏拙算了。

從一個人的筆跡去判斷一個人的性格，正如聽一個人說話一樣，可說十拿九穩，絕對錯不了。字跡端正的，必定是個正人君子；字體呆板的性情大多固執，為人處事，一定一絲不苟；字跡活潑的，性情必是開朗、樂觀、容易相處；字體傾斜向一邊的，性情可能比較古怪，與眾不同。筆跡潦草的，其人做事必定馬虎，且也比較懶散。

字跡並不能代表一個人的學問。有人才高八斗，而所寫的字有如鬼畫符（也許是由於他不羈的性格）；也有讀書不多而寫得一筆娟秀的字的，那是因為他肯動於練習、用心去寫的原故。畫家的字都寫得很好，因為他們對筆的運用十分自如。但是書法家卻不一定會畫畫，因為繪畫要受過特別訓練。不過，無論如何，「字為文章之衣冠」，在寫字的時候，還是應該寫得端正一點；這不但是對人的一種禮貌，間接地也代表了你的身分，同時也可以給予人良好的印象。

在一些喜慶場合或者會議的簽名簿上，從每個不同的簽名式，就可以充分看出一個人的性格簽得十分端正的，大都是個規行矩步的人；把自己的名字寫得特別大的，一定是目中無人而又自視甚高；相反地，簽名字跡太小的人，必定小裡小氣，喜歡藏頭露尾；簽名式太潦草，使人無法辨認的，若不是狂妄之輩，便是無知得想用狂草來唬人。好些娛樂界中知名度較高的青年男女便是如此。

最後，說到文章與一個人性格的關係。「文如其人」是一句老掉了牙的話，然而卻具有至理。這裡所指的「人」，指的是「為人」或「個性」，而不是指外表。因此，從一篇文章中往往看得出作者的為人與性格。一個人性格的豪放或拘謹、悲觀抑樂觀、謙虛或驕傲，以及他的學識和興趣等等，常常在不知不覺中從字裡行間流露出來，我在讀到文友或相識者的文章時，總是想像作者用微帶鄉音的聲調或京片子在朗誦自己的作品，有如聞其聲之感，因此份外覺得親切。

固然，文章未必人人會寫；可是，寫一張便條或一封書信，卻是在日常生活中經常會碰到的吧？看到一張便條或一封信，正如聽一個人說話一樣，立刻可以辨別他的教育程度，起碼是他的國文程度。國文程度好的人，所寫的任何文字一定簡明扼要，絕對不會含混不明。相反的，文字修養不夠的人，即使寫一張取據，也會寫得格式不對，別字連篇。

不過，有時也不能一概而論。有些學富五車的人，在寫信時也會囉囉嗦嗦、廢話百出，那就牽涉到性格問題了。感情豐富的人，寫信時往往長篇大論、熱情洋溢；而理智型的人或生性比較淡漠的人，則往往三言兩語便交待過去。所以，接到一封信時，從信上的字跡和語氣，不但可以看出發信的人的教育程度和性格，而且還可以看得出友情的濃度如何。

言語、字跡和文字，都足以洩露一個人內心祕密，表現一個人的性格和教育程度；我們想去觀察一個人的時侯，這三者，便是我們的放大鏡。儘管有些人喜歡為裝自己，以假面目示人；可是在這些放大鏡面前，還是無法遁形的。

《青年戰士報・新文藝》

筆名的故事

我一向很怕人家問到我筆名的起源，不為別的，只因我一向說話乾脆，不喜歡拖泥帶水，節外生枝，往往用一兩句話就可以解釋完畢，這樣似乎顯得很沒有深度。因此，當《愛書人》要我寫一篇一千字到一千五百字的「我的筆名」時，就不禁大為緊張，不知如何應命。還好經過了一番思考之後，發現我自已的筆名雖然意義明顯，不必多費唇舌即可解釋清楚；不過，它的來龍去脈，倒也有一段淵源，而且要從我的童年說起。在這裡，且讓我不乾脆一次，先賣個關子，慢慢道來。

可能是從小受家父的薰陶，到了高小時又遇到兩位好國文老師之故，我大概從五年級起就醉心文學，六年級時就跟幾位志同道合的女同學想合作寫小說。當時，我們都覺得自已本來的名字太俗氣，假使要發表文章，不如另外取一個名字（那時可能還不懂，甚麼叫筆名）吧！幾個黃毛丫頭吱吱喳喳商量的結果，決定大家都採取一個三點水旁的字（是自命智者嗎？），另外一個字任便。事隔多年，那幾位好友們取的甚麼名字我忘記了，只記得我居然為自已取了一個老氣橫秋的姓名—畢翊淄。畢是我母親的姓，小小年紀的我就似乎已有了一點點新女性主義的思想，認為一個人為甚麼一定要跟父姓呢？我們不也是母親的孩子嗎？既然一心自已要改名字，當然就用母親的姓了。「翊淄」兩字沒有特殊意義，只是在字典中查出來，自以為很雅就是。奇怪的是，十年後認識了外子，他的名字竟然有一個「翊」，這是題外的話。

現在再說回去。各人取了新名字之後，小說卻始終寫不出來。不久之後，小學畢業，大家各自升學去；兩年後抗戰軍興，老友們更是各散東西我那個以兒童而想冒充成人的原始筆名，還沒有面世就無疾而終了。

成人以後，在一種偶然的機緣下，果然走上了筆耕之路。起初，初生之犢不怕虎，我是用本名發表文章的。後來有一次因為寫的是以一個熟人的遭遇為題材的小說，恐怕給當事人看到不好意思，就想到用筆名來隱藏身分。這時，我想到兒童時代的「畢翊淄」三個字，同時，我的新女性主義思想又抬頭了：還是用母親的姓。

不過，配一個甚麼名字好呢？「翊淄」兩個字太老氣橫秋了。我這個人生來就沒甚麼出息，從小學開始就不喜歡出鋒頭，無論在甚麼場合，總是躲在別人後面，這種性格，說得不好聽是畏首畏尾；說得好聽是鋒芒內歛，真人不露相。既自命真人不露相，用「璞」字如何？「璞」者，未琢之玉石也，這不是頗為符合我的個性嗎？於是，我第一次採用了「畢璞」這個筆名。以後，為了藏拙，在發表文章時，就一直用這個筆名而不敢再用本名。因為文章發表得還不算少，三十年來，文友和讀者大都知道了我這個筆名，本名反而變得默默無聞。採用筆名，本來是為了藏拙，如今演變成這樣的形勢，又豈是始料所能及的？

民國七十年《愛書人》

方言趣談

偶然在報上的廣告中看到「曲奇」兩字，不禁啞然失笑。粵語的勢力何其大，繼「單車」、「埋單」等名詞之後，「曲奇」也加入臺灣居民的詞彙中了。

「曲奇」到底是甚麼？不懂粵語或者沒有到過香港的人一定會瞠目以對。原來它是英文Cooky（Cookie）（餅乾）的粵語譯音，若用國語去讀，可說連邊兒也沾不上。我不明白商人為甚麼要沿用這個音義俱不佳的譯名？

從「曲奇」我又想到兩個從粵語傳過來、以訛傳訛的食物名稱。一個是「倫敦糕」，就是那種在西點麵包店中都可以買得到的白色甜米糕。不知就裡的人，也許以為「倫敦糕」大概是英國傳過來的西點吧？殊不知，它卻是地道的廣東點心。原名倫滘糕，是廣東順德縣倫灌鄉的土產。因為「滘」字較不常見，而「滘」與「教」同音，一般人往往寫成「倫教糕」。傳到臺灣以後，大概很少人懂得「倫教」的來龍去脈，又因為「教」字看來很像「敦」字；於是，這種來自廣東鄉下的甜糕，竟飛越十萬八千里而變成了英國首都名點，寧不可笑？

還有，如今正開始盛產、極受人們喜愛的水果「柳丁」，這個名詞又是如何演變出來的呢？讀者們若是記憶不錯的話，當會記得這個名詞頂多流傳了二十年。二十年前，臺灣出產的橙子都是皮厚汁少味酸，那有今日這些「柳丁」的甜美多汁？原來，這些「柳丁」是改良種，它們的「祖先」是產自廣東新會的柳橙。柳橙者，果皮上有一道道直紋的橙子也。新會出產的柳橙，味甜汁豐，馳名全國。剛傳到臺灣時，可能有人不會唸「橙」字，而把它唸成「登」，閩南語「登」又與「丁」同音；因而順理成章的，柳橙就變成了「柳丁」。二十年來，約定俗成，根本沒有人懷疑到這個名詞的可靠性，就連我這個明知它錯的老廣，還是「柳丁」「柳丁」的不離口。

說到閩南語，我又想到很多本省人在發音上常犯的錯誤。譬如說藍色，他們一定說成「鑑」色；戰艦，他倆會說成戰「鑑」；別墅，他們說成「別莊」；甚至有些姓氏也都因為從先人時代被人寫錯了就一直錯下去。這都是由於日據時本省同胞被剝奪接受本國教育機會所致。

我國幅員廣大，方言複雜，除邊疆省份以外，又以閩、粵兩省方言最為複雜，而且在發音上與國語相距較遠。廣東人說國語常會把「報紙」說成「包子」，「黃色芥末」說成「黃色節目」，這早已是眾所周知的笑話。據說有一對夫妻，夫為粵人，妻為閩南籍。新婚不久，兩人因小事吵了起來。夫用廣東官話怒叱其妻「雲吞」（渾蛋），妻亦回敬一句剛學來的粵語「水餃」（衰鬼，粵人罵人常用的名詞）。針鋒相對，妙語天成，聞者為之捧腹不已。

民國七十年《中央日報・副刊》

精神的盛筵

我是一個重視精神生活遠過於物質生活的人，又因為從小就是一個書呆子，所以多多少少也沾染了一點「寧可食無肉，不可居無竹」這種古代讀書人的狂狷與傻勁。因此，每天精神食糧的是否豐盛，對我的精神生活有著極大的影響。我把每日的讀報和閱讀書刊當作精神上的三在家裡聽音樂，觀賞夠水準的電視節目是精神上的美點。而到外面去欣賞音樂、舞蹈、戲劇；到畫廊觀畫；到電影院看電影等活動，則當作是精神上的盛宴。每日三餐的家常飯菜太平凡太刻板了，必須偶然饗自己以華筵，起碼也要打打牙祭，精神上才會感到滿足。

基於這個理由，我雖然還稱不上是國父紀念館的常客；不過一年之中大概也有好幾次忝為座上客之一。雖則我很不喜歡在晚上外出，然而在那些屬於藝術上的「聲」、「色」的誘惑之下，我還是甘冒獨自夜歸的驚恐，一次又一次的前往觀賞。每當我欣賞完一場完美無疵的音樂演奏、一場輕盈妙曼的芭蕾舞，即使在曲終人散之後踽踽獨歸；但是那依然嬝嬝地縈迴在耳邊、鮮明地印在心版上的「聲」、「色」之美卻使得我因為陶醉而忘記了暗巷的可怕。我又享受了一頓精神上的盛宴，我將可好好地回味一番了。

除了去聽音樂、觀賞舞蹈、欣賞畫圖以作為自己精神上的盛筵外。有時，從看電視上一些高水準的節目中也可以獲得極大的美感和意外的收穫。

有一個星期天的下午，我無意中扭開了電視機，螢光幕上竟然出現了好幾隻白色長毛的小波斯貓，像幾團雪白的毛線球，蜷伏在一個藤籃裡妙妙地叫了起來。這是甚麼節目呢？為甚麼會有這樣的鏡頭？趕緊拿起報紙一看，原來這是一部名叫《可愛的動物》的影集，而且剛開始了不久，這對我而言，實在是一次很大的驚喜。我坐下來，滿懷欣悅的細細品味，只見一隻隻肥頭大耳的長毛波斯貓、皮毛亮麗的暹羅貓、壯碩威武的短毛家貓，還有嬌憨可愛的小貓紛紛出場亮相，直看得我目迷神搖，心滿意足，那天的晚飯也好像吃得份外開胃。

同日晚上，《維也納時間》又饗我以另外一頓精神上的盛宴（白天的看貓應算是可口的點心）。這次介紹的柴考夫斯基第一號Ａ大調鋼琴協奏曲是我稔熟得不能再熟的作品，是我欣賞音樂過程中早期所喜愛的，因為聽得太多，近年這張唱片已被塵封。想不到這次久別重逢，聽起來竟是別有一番滋味在心頭。親眼看著一段段動人而熟悉的旋律從鋼琴、小提琴、大提琴、單簧管、長笛、法國號……等樂器中奏出使得我因為過度喜悅而目瞪口呆，足足的四十五分鐘內，我的視線都無法離開螢光幕一秒鐘。我本來在手上拿著一本書準備邊聽邊看的，這時，那本書已不知拋到那裏去了。等到最後一個音符遏然歇止，我才惘然地像是從一場春夢中醒過來。所不同的是，春夢是無痕的，而美妙的音樂餘音卻是會繞樑三日，令人回味無窮。

這一天，既從螢光暮上看到無數可愛的貓兒，又聽了一場高水準的音樂演奏會（那位鋼琴家的十指飛快得簡直有如魔指），享受了兩次豐盛的精神食糧，我的滿足與快感自是不在話下，那天晚上的睡夢也覺特別香甜。

自己到音樂會去聽高水準的演奏，到劇院觀賞喜愛的芭蕾舞劇，到影院看一部好片，到畫廊參觀夠理想的書畫展……那是為自己的精神打牙祭，自己為自己的精神生活開盛筵，享用的結果當然也很愉快，不過這種愉快是可以預期的，不會有意外的驚喜。但是，假如偶然讀到一本好書、一篇好文章，無意中欣賞到自己喜愛的電視節目（像從前的《美不勝收》，現在的《映象之旅》就常常會給我以意外的驚喜），那卻是別人饗你以精神上的盛宴，那份滿足與欣悅，又是另外一種滋味。

人生是短促的，肉體最後終歸塵土，塵世上的繁華富貴，更像是過眼雲烟。我不明白為甚麼大多數的人都只知窮一生的歲月去追求美食、華服、大廈、名車、高官、厚祿與名利這些身外之物？精神永生，文學與藝術不朽，我們何不多以文學與藝術作為精神上的盛宴，藉以充實我們的性靈生活，讓我們每天都過得快快樂樂。

民國七十一年《中央日報・副刊》

眼疾影響畫風

英國大詩人密爾頓在失明之後才寫出他偉大的詩篇《失樂園》；樂聖貝多芬在完全失聰後還親自指揮樂團演奏他自己的作品《合唱交響曲》（聽眾的如雷掌聲他都聽不見了）。一個文學家失去了他的視力；一個音樂家喪失了他的聽覺。這曠世的悲劇，真令人感到是天妬英才。

然而，天下事並無絕對，身體上的殘障有時不但不會妨碍到藝術的創造，反而，會因此而發展出特殊的風格。美國的一位眼科醫生拉汶大夫（Dr. Ravin），是一位藝術愛好者。幾個月前，他在芝加哥舉行的美國眼科學會中發表了他的一項新研究。他說，世界上好幾位大畫家的眼睛都有毛病；而那些眼睛上的毛病，正是影響到他們畫風的主要原因。

於一九一九年去世的法國後期印象派畫家雷諾瓦（Renoir）是個大近視眼。據說他在世時曾經試戴過一副近視眼鏡，但是他一試之後立刻就把眼鏡丟掉，說他寧願看到這個世界模糊一片，也不要像包格勞（Bouguereau）那樣看得一清二楚。原來包格勞是當時法國的首席沙龍畫家，是以他的工筆和寫實畫著名。而雷諾瓦的畫卻是以朦朧之美取勝（正因為他的近視眼看甚麼都像霧裡看花），所以他對工筆和寫實畫瞧不起。

另一位後期印象派畫家，潦倒一生、最後自殺身死的文生・梵谷，拉汶大夫研究出他是一個青光眼患者。拉狡說：在梵谷的好些自畫像中，兩眼的瞳孔都是大小不一。這種情形，可能是由於患了綠內障，使得眼壓不斷增加之故。

拉汶大夫又說，在梵谷作品中的光源上常會出現光圈；而綠內障患者也常常訴說他們會看到這種光圈。

此外，年齡比較大的畫家也往往會被白內障所苦，從提香（Titian）到杜納（Turner）等人都是。

荷蘭的名畫家冉伯讓（Rambrandt）是一位遠視眼患者，從他的畫風看來，他在三十歲以後，遠視就日漸加深。他一生曾經畫過大約一百幅的自畫像，這等於是他唯一的自傳。拉汶大夫就根據他這些自畫像來證明冉伯讓的視力日衰。

在他的講演中，拉汶大夫放映冉伯讓自畫像的幻燈片來說明他的學說。冉伯讓早期的作品筆觸細緻，色彩富於變化。但是到了晚年卻是焦點模糊，而且色澤傾向於黃色及橙色。那正是由於他的老花眼（遠視眼）之故，老花眼的眼球往往變成橢圓形，而且看東西都像透過黃色濾光鏡片。

美國一位最著名的印象派畫家瑪莉・卡塞特（Mary Cassatt）患了白內障，曾經開過幾次刀，所以，她的作品到了後來也像晚年的冉伯讓那樣變得一片迷濛。法國的印象派畫家莫內（Monet），以一幅巨幅的〈睡蓮〉而膾炙人口。他也患了白內障，到了晚年，不得不在他的繪畫上標明號碼來區別它們。後來經過一次成功的手術後他就把他以前的一些作品作了一番潤飾。

西班牙的名畫家格瑞可（El Greco），他畫中的人和物都表現得特別長。他患有亂視（散光），由於眼球的變形，使得他看見的東西都是扭曲的。不過，拉汶大夫認為格瑞可的畫風與他的視力無關。在他的畫中，無論是水平的或垂直的事物都畫得特別長，拉汶大夫相信這只是當時某一種畫派的作風而已。

拉汶大夫的新學說，不但使我們對那些名家的畫重新換了一種看法，也使我們對古人所說的「窮而後工」有了更深的體認。古今中外多少肢體殘障或者生理上有缺憾的人，憑著他們堅強的毅力，克服種種困難，在他們的行業中出人頭地；那麼，眼睛上的一些毛病，反而有助於畫風的改變，那更是不值得驚訝的了。

中華文物之旅

一個細雨霏霏的午後，我獨自來到南海學園中的一座文化殿堂——歷史博物館裡，我是衝著「歷代清明上河圖展」而來的。這個令人嚮往的展覽從春節開始展出，到現在已一個多月，都快到尾聲了，我都始終抽不出空去參觀。今天，好不容易抽出空來，結果，不但不虛此行，而且在心靈上收穫之豐富，大大出乎意料之外，歸來之後，但覺回味無窮。雖則在館中只停留了個把小時，參觀的只不過是其中的四種展覽；可是，渾身上下便彷彿沾滿了中國古典藝術的芬芳，這真是一次使人永難忘懷的中華文物之旅。

既然是衝著《清明上河圖》而來，我一進去自然就走上二樓。我記得多年前在這裡也參觀過一次《清明上河圖》，但那時只有一幅圖在展出，也沒有像這次用幻燈放大局部加以說明，所以感受不如這次之深。在宋、元、明、清幾代不同畫家所繪的《清明上河圖》，固然大同小異，可是由於年代久遠或者保護不夠周密，有些已經褪色或起了裂痕；其中，我還是偏愛明代仇英的那一幅，不但色彩比較鮮明，而且保存得也比較完善。

這位以工筆畫著稱的大畫家，在這幅《清明上河圖》中更是盡情發揮了工筆畫工整細緻的極限。樓閣亭臺都整齊得像是用尺來量度，人物也是鬚眉皆現，所有人物的紅袍都「繡」了金線，而且經歷數百年而依然閃亮如新，這就不能不令人感到驚訝了。

目光逡巡在畫上良久，凝神注視著岸上古人的家居、市集、趕牲口、賣藝……的生活及河上的舟楫往還，自己也似乎融入畫裡。我多麼願意自己不是一個現代人，而是活在那個沒有任何汙染、簡樸寧靜的農村社會裡。

依依不捨地離開二樓，到了三樓，「中國古典插花展」也是史博館這一期展出的重頭戲，果然吸引了不少仕女，參觀的群眾比二樓更多。我是個愛花的人，但並不怎樣熱中於插花，尤其不喜歡日本插花的矯揉造作，而寧取西洋比較自然的插花方式。如今，目睹陳列了兩個展覽室的中國古典插花，又是另外一種觀感。這些根據國畫重現的古典插花，就跟中國式庭院一樣，給人以恬淡、端莊而穩重的感覺，也隱隱透露出古代讀書人的氣質。且不說那些古色古香的花器了，就是花材方面，梅、蘭、菊、竹、松、柏、蓮花等等，不都是文人筆下品格最高的花卉嗎？它們那種清麗出塵之姿，又豈是搔首弄姿的東洋插花或一味穠艷的西洋插花可比？

跟二樓和三樓的「熱鬧」相比，四樓的「歷代陶瓷展」就顯得太冷清了，我竟然有過一小段獨對滿室古物的時光。這裡的陶瓷器也許不是「美麗」的，但是，參觀者在這裡得以上了一節歷史課，瞭解了我國古代陶瓷器的發展過程，從粗獷、拙樸的先民陶器到厚重的唐三彩，乃至明清兩代的細緻精巧的瓷器，都有系統的陳列在觀眾眼前大好學習機會。

參觀完以上三個展覽，我已經心滿意足了，到了樓下，這才發現還有一個清康熙雍正乾隆三代瓷器展。在古代文物中，玉器和瓷器是我最最喜愛的，當然不肯錯過；於是，我又到這兩室去欣賞。

我國古代瓷器之美不用我細說，經歷千數百年遺留下來的，更是稀世之珍。對於瓷器，我本來比較偏愛那些彩色紛陳的花瓶和碗盤，這次，看到好些標著「茶葉末」、色彩綠中帶點褐和灰，像一盞綠茶那樣澄碧；瓷質細緻光滑，像嬰兒皮膚那樣全無瑕疵的花瓶，又覺得素淨的東西的美，格調更高。正如一位穿著純白衣衫的美女一定比穿得花花綠綠的另一美女更出色一樣。

我徘徊在一座座玻璃櫥間，偶然碰到兩位口操英語的西方少女，一面看一面大叫「王豆腐」，這時，我雖然因為站得太久而兩腳發痠，心中也不無得意之感，就好像聽見別人稱讚自己的孩子可愛一樣。

然後，在眾多的美不勝收的瓷器間，我的限前突然一亮，我看到一隻我生平所看到的最美麗的翠綠色瓷碗。它的形狀並不特殊，像普通飯碗而略大。碗身特別薄，薄得近乎透明，彷彿吹彈得破；那晶瑩澄澈的翠綠色，像是一泓反映出滿山林木的潭面，又像是一塊巨型翡翠所雕成。若不是它陳列在瓷器展覽裡，我還以為這是一隻玉碗哩！有了它，我覺得其他再瑰麗再珍貴的名瓷都黯然失色了。我們古代產生了這麼多令人嘆為觀止的藝術品，又怎怪那兩名西洋少女連呼「王豆腐」？

帶著恍如阿麗絲夢遊奇境醒來的那種心情，我悵惘地走出了史博館，一顆心已遺留在那些令人發思古幽情的清明上河圖、那典雅的古典插花、那曠世奇珍的瓷器上，恐怕要很久才能找回來了。

走在植物園的樹蔭下，我沒有撐傘，輕若柔絲的雨點飄落在臉上，那種涼透心脾的感覺真是舒服極了。而多日來一直濛濛的天空，看來似乎也不那麼可厭。

民國七十三年《中央日報・晨鐘》

愛藝者言

悲天憫人的藝術家

一個充滿了蕭颯秋意的午後，我到南海路美國文化中心去參觀雕刻家侯金水的個展，疏疏落落地擺著大約三十件左右作品的會場裡，觀眾也是疏疏落落。情況的不熱烈，與報上連日大篇幅的推介似乎不成比例，可能是雕塑家的名氣不夠響亮，而展出的題材也不足以譁眾取寵吧？

而我，卻是衝著這次展出的主題——越南難民特寫——而去的。聽說侯金水為了使這些人物的造型逼真，還曾經特地到澎湖的越南難民營裡去跟他們生活在一起，以加深他的感受；因此，在他敏銳的觀察與神奇雙手的塑造下，一座座面容淒苦、衣衫破爛的越南難民塑像就活生生地呈現在觀眾眼前；一種國破家亡、無處容身的痛楚也從這些塑像的表情中感染給觀眾。我不知別人怎麼想，我看到這些可憐的難民的悲慘情形，不由得就為自己目前的幸福安定而對上蒼興起了感謝之心。

侯金水是個學徒出身，自學成功的青年雕刻家，撇開他的藝術造詣不談，他具有這種悲天憫人的胸懷，就已非常難能可貴。我覺得：在一般人都沉醉在燈紅酒綠、紙醉金迷的生活中時，這次以越南難民為主題的雕塑展，實在有著暮鼓晨鐘、當頭棒喝的意義，足以提醒國人要居安思危，毋忘在莒。要是因此真的能夠發揮一些警惕作用，那麼它的藝術價值便遠遠超過一些所謂表現人體美的雕塑之上了。

走出會場，那些欲哭無淚的塑像面孔一直盤旋在我的腦海中使得我的心頭十分沉重。抬頭仰望灰色的天空，只見西方的天畔微微露出了一抹玫瑰紅，明天大概會是個晴朗的天氣吧？我多希望這個世界永遠都是風和日麗的日子。

返璞歸真

喜歡聽音樂和欣賞美術作品，這兩種興趣已維持了多年。雖不敢自詡為雅人；但是這兩種興趣的確給予我無限的歡樂以及精神上的享受。正因為耳中有妙音，眼中有美畫，我一向自覺我的心靈饗宴是極其豐足的。可是，說來漸愧，可能是少年時代上的是教會學校的影響，從那個時候開始，我喜歡聽的只是西洋古典音樂，喜歡看的也只限於西洋畫。年少無知，竟以我們的國樂、國畫為土氣而不怎麼欣賞，實在幼稚得可憐！

想不到，人到中年，觀念是會改變的。漸漸地感覺到，那些急管繁弦、旋律富於變化的西洋音樂固然悅耳；色彩穠麗、寫實具象的西洋繪畫也固然悅目；然而，那不是我們的文化。我們的音樂就是那種「土土」的，單調的，用竹子做成的簡單樂器吹奏出來的樂曲，雖然不怎麼動聽，可是那卻是我們民族的心聲。而只用一枝毛筆就可以在紙上痛快淋漓地揮灑出一幅雄偉的山水的國畫，那是畫家們用他們的心，用他們胸中的氣魄，用他們受過多年畫卷薰陶的頭腦畫出來的，又豈是某些，徒具皮相的西洋畫可比？

近年來國畫的複製品到處可以買得到，畫廊藝廊也越開越多，這表示了國人漸漸懂得欣賞藝術，文化層面提高，真是可喜的現象。常常逛畫廊的結果，我發現自己比較喜愛的國畫大師是鄭板橋、齊白石、高劍父、徐悲鴻、張大千等等，他們在我心目中的地位已取代了往昔我所喜愛的西方畫家塞尚、高更、梵谷、畢沙羅、莫內……。

而行雲流水般的古箏、哀怨悱惻的胡琴、如泣如訴的洞簫，這些我們老祖宗傳下來的古老樂器的聲音，聽在我耳中的感受，與聆聽鋼琴、小提琴和長笛演奏，又自是完全迥異。

這種對欣賞藝術感情上的轉變，也算是反璞歸真嗎？

輯四　親情・懷舊・記遊

野蔓不知名，丹實何纍纍？
村童摘不訶，吾亦愛吾兒。

——陸游

廚房中的拙婦

一定是小時候讀書泥古不化的關係，雖然身為女流，卻深深抱著「君子遠庖廚」的觀念。從小，就認定廚房是僕婦婢女、三姑六婆之流盤桓的地方，一個書生，怎可以廁身其間？「自鳴清高」的結果，跟同學去露營時，別人個個都可以燒得一手好菜，而我卻只有洗碗的份兒。

到了結婚以後，我更是可憐得連生火都不會；不知道怎樣才是水開；到菜場去更分辨不出瘦猪肉和牛肉。還好，外子相當懂得理家和烹飪，後來又僱了一個很能幹的男僕，一手接管了全部家務，使我過了三年多少奶奶的日子。也因此之故，我做了兩個孩子的母親之後，也依然黍麥不分。

來到臺灣以後，我這個黍麥不分的人可慘了。一句本省話都不會說，卻又不得不完全倚重於傭人，而且一天沒有傭人就全家挨餓，天下大亂。由於自己不會燒，那幾年我們家吃的都是本省菜：加了糖的紅燒豆腐、蘿蔔乾煎鴨蛋、白水煮的猪肉、每一種蔬菜都加入大量的蒜……。幾年下來，我們全部習慣了前後幾任阿巴桑的口味；而我和孩子們，也學會了一口流利的閩南語。

吃了幾年本省菜我的孩子也全都入學了以後，有一次，我們僱用的一個年輕女傭的態度實在太惡劣了，我把她辭掉，決心不再倚靠傭人。我那時正主編一家晚報的家庭版，可以在家裡看稿編稿，不用去上班可以內外兼顧，正是一個擺脫傭人、謀求自立的好機會。

首先我請了一個洗衣婦來解決洗衣問題；同時，改用電爐電鍋燒飯，極力把炊事簡化。那個時候，一般家庭都還沒有水箱的設備，我每天提著菜籃上菜場，一家六口，四個小壯丁又都能吃，也很煞費周章的。

大概平日看女傭燒菜看得多了，此時的我，已不像剛來臺灣時那樣「無知」。甚麼菜配甚麼作料，怎麼切，怎麼煮，己略知一二；所以，一日兩餐（早餐買現成的），還可以對付過去。不過，我對烹飪這一門學問，實在是沒有天才，做了十年主婦之後，還僅僅只會燒出幾樣四不像、南北和的家常菜，自己也覺慚愧。有時，偶然博得孩子們幾聲稱讚，就不免沾沾自喜。

大約十年前，我寫了一篇題目叫〈拙婦〉的短篇小說，描寫一個醉心文學、音樂和藝術而拙於烹飪的家庭主婦，為了要做一道色彩美麗的湯，在請一位朋友到家裡吃飯時鬧出很多笑話。這個拙婦我影射的就是自己。而那道色彩美麗的湯——番茄、豆腐、小白菜、紫菜、雞蛋煮成的湯，也被兒子們稱為「拙婦湯」。有時，偶然在廚房裡不小心摔了鍋蓋、鏟子、杓子之類，兒子們就會譏笑我是「拙聲四起」。如今，四個壯丁已通通離家，出國的出國，服役的服役。在他們寄回來的家信中，只要有人寫一句「很懷念拙婦的菜，真希望回來大快朵頤」，我就覺得這個「拙」字，對我並不算是侮辱，甚而欣然接受。

就是由於自己太拙了，這些年來，在社交上使我遭遇到不少困擾；我沒辦法自己做菜請客，遇到必須請客的時候，只好到館子去，或者叫菜回來。這樣，在經濟上既不划算，在氣氛上又不夠親切，實在遺憾。當然，有時請請至親好友，或者孩子們的同學，我也會下廚露幾手。說來可憐，每個人都有自己的拿手好菜，我卻做不出一樣名堂來。每次「請」客總離不了羅宋湯、咖哩鷄、炒肉片之類比較容易討好的；而且還必須再買一隻烤鷄、一些滷味等來湊數。最後，還會被孩子們取笑一句，「今天所有的菜裡面，還是烤鷄最好吃。」

如今，年齡漸長，我早已摒除了「君子遠庖廚」這個愚蠢的觀念，甚至對烹飪也發生了興趣，有時還看看食譜，以及向親友們請教燒菜的方法。可是，第一、由於自己沒有充份的時間；第二、我最怕油烟，從來不肯用熱鍋炒菜；第三、沒有好好去學習；第四……，說來說去，理由一大堆，主要原因還是自己手笨，至今，依然是廚房中的一名拙婦。眼看朋儕個個允文允武，放下筆桿，拿起鏟子，大都能燒出一席酒菜，真令我既忌妒又羨慕。

前兩年的母親節，會繪畫的三兒自己設計了一張母親卡寄給我。他畫了一個女人，一手拿筆，一手拿鍋鏟，原來他口頭上的「拙婦」，在他心目中竟是一個「千手觀音」。這無言的頌讚，真比甚麼都有價值，但是卻使我暗自漸愧不已。

假使我也有甚麼願望的話，那麼，但願自己也能「燒得一手好菜」，該是其中之一吧？

寫給我兒

那天，在街上看到一個胖嘟嘟的、模樣兒十分可愛的三四歲小男孩，我忽然間想起了你們小的時候。那時，我們一家侷處在一間八疊的斗室裡，物質生活非常貧乏。但是你們的歡笑聲，像一串串閃亮的銀鈴裝飾在屋子的每一個角落裡，那間簡陋的蝸居也變成了皇宮。

只因為有了你們四個活潑乖巧而漂亮的小男孩，我們一家便一直成為親友、鄰居們羨慕的對象。每次帶你們上街，即使不相識的人，也會走過來搭訕：「好可愛的幾個娃娃啊！媽媽這麼瘦，怎麼會生出四個胖兒子呢？」你們每個人的年齡都相距一年半，在短短不到五年之內，我生育了四次，又怎能不瘦？奇怪的是，你們的先天並不好（你們爸爸的身體一向並不健康，我年輕時也不算強壯），後天又因環境關係顯然屬於不良；然而你們個個長得方臉大耳，體格挺拔。我記得鍾公公還說過你們是南人北相。

由於你們爸爸和我的籍貫不同，使得你們在語言上有機會多學到兩種方言。元和中是在廣州出生的，所以你們首先學會的是廣州話。立和平生在臺北，是個道地的「番薯仔」，他們一開口學講話，便是閩南話。當你們進入幼稚園以後，又學會了國語。這時，親友和鄰居們又開始羨慕你們的「語言天才」，他們認為小小年紀而能操三種方言是很了不起的事，居然稱你們為鬼才。不過，這種「光榮」並沒有維持多久，大概元、中二人進入國小以後，你們兄弟四人便完全以國語交談，人家問你們是那裡人的時候，你們也忘記了自己的籍貫而說是「國語人」。漸漸，你們的閩南話和廣東話也愈說愈不流利；如今，你們之間偶然有誰還要露一兩句，發音已完全走了樣使我們笑掉大牙。

元，你是我們的長子，所以我也特別記得你小時的往事；至今，我還記得你剛生出來包在一個橘紅色襁褓裡的模樣：紅通通的小臉，鼻頭上很多小白點。毫無經驗的我，目不轉睛地望著你，唯恐你隨時會停止呼吸。多可笑啊！你小時候是個很頑皮的孩子，使我們為你操了不少心事。還好，到了高中之後，你開始變得文靜了。

更想不到一度曾經嚮往籃球國手生涯的你，在投考大學時竟選擇了外文系。從此，我們母子之間的關係便更加深了一層，我們變成了朋友。後來你更成為我的小老師。你上大學那四年的日子，我真可以說是受益不淺。我們除了是古典音樂和西洋繪畫的同好外，還一起研讀英詩。你讀到一篇好的文章，一定要我也欣賞一遍。你選修西班牙文、德文和法文，也強迫我一起學習。雖然疏懶成性的我只學會了幾個單字和發音的法則，不過，這使我在從事翻譯時也多少有點幫助。

你也許不會了解，也許由於我們太接近了，三年前你結婚另組小家庭，我是多麼的不習慣。我想：我從此要失去進修的機會了？還好，「小老師」的空缺馬上便由中補上，我才不致「失學」。如今我們相去萬里，你在海外的學業也告一段落；同時，你有賢慧的妻子為你照料生活起居，照理我們是用不著為你耽憂的了。但是我們能嗎？天下父母心都是一樣，他註定要為兒女操一輩子心的。

說到操心，中，你可能是我們四個孩子中最不需要我們耽心事的一個。你從小就特別聽話而乖巧，你還記得嗎？有多少位伯母想預約你做她們未來的女婿？又有多少伯伯、叔叔對你特別疼愛？你的學業一帆風順，上的全是一流學校，成績也都名列前茅。在家裡，你循規蹈矩，彬彬有禮。你從來沒有使我煩過心（也可能是因為我們忙於照顧兩個小的，所以把你這個中間的忽略了），就這樣，忽然間就長大了。

尤其難得的是，你讀的雖然是理科；但是，你卻有著文科的各種興趣，你對文學、語文、音樂和藝術方面的興趣，幾乎完全和我及元一樣。所以，元離家以後，你便取代了他的位置，日夜向我「蓋」你這些方面的知識。後來，你又有一個時期浸淫於哲學和禪學。不過，你並沒有放棄你的物理。自從上大學以後，你便抱著極大的野心——想問鼎諾貝爾。經過了無數艱辛和奔走，如今，你也終於繼你的哥哥之後負笈太平洋彼岸。你寄回來的家書，每封都寫得那麼整潔、那麼詳細，總是使得爸爸和我感到無比欣慰。孩子，以你的聰明、勤奮和毅力，我相信你的願望有一天會達到，為我炎黃華冑爭取光榮的。

小三子——立，你可算是比較特殊的一個。小時候，你雖然跟你哥哥弟弟一樣胖；但是你卻體弱多病。你的生病是循環式的：一場感冒（這是你發作得最多的病）之後，在復原期間，你胃口大開，每頓猛吃，也漸漸變成了小胖子；但是，由於吃得太多，你便因為不消化而病倒，因為生病，便又消瘦起來。你得過百日咳、水痘和哮喘，經常都病懨懨地像隻小病貓，真是把爸爸和我急壞了。幸虧，上天保佑你終於平安長大。你的體格雖然比其他三個兄弟差一點，健康情形倒是挺不錯的，大概由於你小時多病的關係，你的性格也跟他們不同，個性特別強。初中畢業以後，為了減輕家裡負擔，你堅持要讀五專。經過了五年住校、兩年服役、一年實習，你整整離家八年之久，八年的獨立生活，使你變得十分懂事而世故，與你那三個兄弟的書呆氣質顯得十分懸殊。雖然如此，你們兄弟之間的感情卻是融洽得很，這是爸爸和我感到最欣慰的一點。

你對自己的沒有學士頭銜，完全沒有後悔。你認為你是一個專門人才，有一份謀生本領，就很不錯了。的確，你會設計、會繪圖，也會管理機器，這又豈是大學畢業的通才所能比擬的？你在校時，老師曾誇讚你的成績，說你將來可以「混兩碗飯吃」。對此，你應該自豪吧？

在家裡，你也是我的好幫手。你十五歲那年，我回香港的娘家去了半個月，在那段日子裡，你一手負擔了父子五人的三餐。據說，你燒的菜比我燒的還好吃，那真使我這個媽媽自嘆不如。你不住在家裡已有八年，如今，我唯一的希望是你能調回臺北來工作，讓媽媽有機會嚐一嚐你的烹飪。

我們的么兒——平，小時候是跟我最親熱的一個，你是嬰兒的時候，我睡在那間日式宿舍的大壁櫥內，你的小床就擺在壁櫥下面。每天早上我還沒有醒過來時，你就爬上我那利用壁櫥做成的高床，悄悄伏在我的枕頭邊。可愛的是，你並不吵醒我。這樣，每天我一睜開眼睛，就看見你甜蜜的臉；於是，我便會歡笑著把你摟進被窩中。啊！那是一段多麼快樂的時光；可惜，那已是二十年前的往事，自從你長大以後，我們家裡就再沒有兒童了。可能是你那三個哥哥嫌你太小不帶你出去玩，你的童年是頗為寂寞的。我因為要上班，不得不把你交給傭人帶。我下班回家往往看見你孤單地站在小床的欄杆後，臉上還帶著淚痕，真是使我萬分不忍。但是，又有甚麼辦法呢？長大以後，你的性格比較深沉，不愛說話，這恐怕跟寂寞的幼兒時期有關吧？

從小，你就是我看電影的伴侶，我幾乎每次上電影院都要帶你一道去。直至你上了六年級，你說怕老師和同學碰到（那時小學的惡補正嚴重），才自動不再跟我去。現在，你又是我看電視影集和聽古典音樂的同道。我們對影集的選擇興趣相同，所以不會發生衝突。至於欣賞音樂的能力，自從你的大哥二哥離家以後（你三哥喜愛的是熱門音樂），你早已凌駕在我之上，也早已是你放我聽。我對古典音樂的欣賞，本來只局限於浪漫派和印象派。由於你的開導。我對古典派和比較現代的音樂也漸能接受。這樣說來你也是我欣賞音樂的小老師了。

還有一個月，你就要戴上方帽子，接著，就要去服兵役。那時，家中就剩下爸爸和我。真想不到，三年之間，除了本來就不住在家裡的立兒以外你們兄弟三人通通離家外出。兩年以後，要是你也出國留學的話，更是不知甚麼時候才能聚首一堂了。這便是人生。子女長大了自有他們的前途，以我自己而言，又何嘗不是早早就離開了你們的外祖父母？孩子們，帶著母親給你們的祝福去開拓你們燦爛的前程吧！在人生的路上，到處都是開採不完的寶藏。

《中央日報・家庭生活》

為母的階段

我從來不曾這樣寂寞過。

兩年了，自從小兒子也離家入伍服役以後，每天中午回家吃飯，迎接我的是一屋子的空寂與冷靜（一年前還有一隻貓兒會在門口相迎，現在連貓也沒有了）。晚上，雖然丈夫在家，但是一向寡言的他，也不見得使家裡增加多少熱鬧。還不是他看他的連續劇。我躲在房間裡聽我的音樂，看我的書？更不巧的是，自從兩年多以前調職以後，我那辦公廳雖漂亮而使用的人很少，我經常一人獨守。往往，從上午開始到下午三四點鐘，除了接電話以外，我都沒有開口機會。儘管我一向愛靜，這樣一來，也難免有寂寞難耐之感。

於是，我不禁開始懷念起十年前的那一段歲月。那個時候，四個孩子都在家，而又都已懂事，不再淘氣。我和他們之間的關係，既是母子，又是朋友，融洽得無以復加。現在想起來，還覺得甜蜜。

在四個孩子中，比較起來，以大兒子跟我最接近。他從小就喜歡說話，一開口就滔滔不絕，向有「長篇小說作家」的美譽。每天放學回家，書包還沒放下來，便跟著我亦步亦趨，把一整天在學校裡的所見所聞一五一十的告訴我。聽得多了，我對他同學的綽號、老師授課的神態以及口頭禪，都瞭如指掌。後來他上大學，開始學習第三國語文。這孩子對語文極有興趣，他既選修西班牙文，又選修德文，後來又自修了法文。他有「好為人師」之患，每學會一種新的語文，便強迫我跟他學。在他的惡補下，我這老童生總算學到了一些單字。他還跟我一起讀英詩，一起研究英美的小說和散文……假如我當年用功一點，真是可以跟他一起修完外文系四年的課程的，現在後悔也來不及了。

老二是四個孩子中最乖巧的一個，從小就不會煩人。他身體健康、性情愉快，而且也懂得自動自發的用功。所以，他從小學到大學都是一帆風順，念的又是公立學校，既沒有使父母為他傷過腦筋，也最省父母的錢。甚至他後來出國，也只花了我們一筆旅費和少許治裝費而已。他唸的是理科，但他也愛好文學、藝術和音樂。大兒出國後，他雖然不能完全取代了他哥哥與我之間的密切關係，不過他也可算是我的同道。他生性幽默，喜歡開玩笑，作弄別人。他在家的時候，我們母子之間真是沒大沒小（他們對父親比較正經得多），我經常被他倆作為揶揄的對象卻不以為忤，因為我覺得這正是我們親子之情的流露。

從小體弱多病的三兒和我是美術的同好者，也是我的忠實讀者。我寫的一些小文，家中各人都不屑一顧，只有他從不錯過。他喜愛繪畫是受我影響的，因為我年輕時畫過一些見不得人的畫，還敝帚自珍地保留了下來。孩子們還幼小的時候，我常常拿出來向他們炫耀吹噓；從此，三兒就以小小畫家自居，而且似乎也有點天才。直到現在，他雖然離家在外工作，仍然不忘繪事，在公餘往往以寫生自娛，每次回家總把畫冊帶回來給我們欣賞。

么兒是僅次於大兒與我關係最密切的一個。嬰兒至幼兒時代，他是整天跟在我身邊的依人小鳥。後來，三個哥哥都離家遠去，他又成為「獨霸天下」的局面，受盡雙親的疼愛。他是我聽音樂、看影集、電影和愛貓愛狗的同道，我們兩個人一談到這些問題，就會眉飛色舞，變成了朋友而不是母子。每次，他從軍中休假回來，就在家中大放唱片，像開音樂會一樣，使我大飽耳福。

這四個兒子，每人只差一歲半。老大上六年級那一年，老四也進了一年級，一家四個小學生。每天，我要做四個飯盒。每天拿給洗衣婦洗的衣服一大盆，全是他們那些又厚又髒的卡嘰衣褲，常常惹得洗衣婦嘀咕不止。四個小蘿蔔頭一放學回家便吵得翻天覆地，真是煩死人。那時，我最怕的就是放寒假和暑假，嫌他們整天吵得我心神不寧。想不到風水輪流轉，只不過十幾年之後，他們竟通通離開了身邊，現在只有忙著寫家信和寄包裹的份兒了。

以我做母親的經驗看來，孩子在嬰幼兒的時代和母親的關係最密切。這個時期的母親雖然旰食宵衣，備極辛勞，但是她的感覺是甜蜜的。看著嬰兒粉紅的面頰，無邪的微笑，看著他一天天成長，從爬行而會走路而牙牙學語，她覺得這便是她辛勞的報酬。

入學以後的孩子（尤其是男孩），會漸漸變得頑皮起來，已沒有幼時那樣可愛。這個時期的母親，雖然可以比較輕鬆一點，但是責任卻益加沉重；因為對孩子德育的栽培，這個時期是十分重要的。小學年齡的兒童可塑性甚大，變白變黑，端在這個時期。所以一個母親必須以身作則，給兒女以良好的榜樣，務求給他們培養出完美的人格。

等到孩子進了中學，開始懂事，從這時到大學畢業以前，是母親最快樂的時期。她和孩子之間的關係已不止母子（女）而是朋友。有女兒的母親更幸福，她們可以互相慰藉，無話不談，交換衣飾，情同姐妹。可惜，好景不長，一旦孩子交了異性朋友，跟母親的關係便會相對的漸漸疏遠起來。這是人之常情，做母親的也不必怨嘆什麼「女大不中留」或者「討了媳婦忘了娘」；這也是自然的定律，一個人是不可能一輩子跟著母親的。

孩子畢了業，找到了工作，結了婚，或者出國深造，這時，母子（女）的關係又自不同，差不多可以說已由長輩變為平輩了。儘管做母親的還得為了子女的婚姻、就業等問題而耽盡心事，可是，子女已到了自立的年齡，他們不再像小時候那樣凡事依賴父母，他們有他們的天地，他們有他們的看法，母親若對他的事干預得太多，便會被他們認為囉嗦。所以，母親們必須認清這個事實，無論你多麼疼愛你的子女，到了他羽毛豐滿之後，便讓他遠走高飛，你是無法永遠把他拴在身邊的。

這便是人生，「養兒防老」的觀念已經落伍，不再適用於今日的社會。兒女長大了便遠走高飛自創新天地，也是工業社會的必然趨勢。假使你認為這樣便是不孝，那就未免自尋煩惱了。

我想，我之所以感到寂寞，是我應該還不到兩老相依為命的年齡。多少人年紀比我大，家中還有幼小的子女。相形之下，我便不免有點孤零之感。這樣說來，孩子的年齡相距得太近，一下子全都長大，也可說是利害參半的。

還好，么兒馬上便退伍了，我估計，么兒回來後，家裡便將會恢復熱鬧（當然不能跟從前相比）；然後，大概也會跟哥哥們之後相繼結婚成家。我做母親的責任便告完畢，到了那時，那才是真正寂寞。不過，我了解這是人生必經的過程，除了期待著兒孫們的定期省親，共享天倫之樂外，我已準備再去學習一些新的知識或技能。以消除寂寞，以充實未來的人生。

《中央日報・家庭生活》

母親的絮語

孩子：

那天在松山機場洶湧人潮中送你上機，我表現得十分鎮定與堅強；可是回到家裡，走進你的房間，一陣空虛之感便馬上來襲。你的書桌和衣櫥都是空的；床頭的那部收錄音機不見了，平日掛在牆上的吉他也跟著你去飄洋過海。孩子，我這時才體驗到，你真的已經離開家，今後，你將不再受到父母的庇蔭，必須獨自去承受世界上的風霜險阻了。

你們兄弟四人，都在我婚後的六年內相繼來臨；當時年輕的我，曾經因為你們妨礙了我的進修，消磨了我的雄心壯志而感到非常苦惱、非常委屈。誰知道二十幾年之後，你的大哥、二哥和你都先後離家出國，現在只剩下你的三哥在家陪二老，要不是還有你的三嫂和小湄跟我們在一起，我們該有多寂寞！我有一位有著六個兒女的朋友，但是六個人都在國外。最近我那位朋友不幸得了癌症開刀，幸虧她的子女都很孝順，輪流回國服侍，才得以挽回她的生命。我的朋友常對人說：還好我的兒女多，否則病倒都沒有人伺候哩！我絕對贊成家庭計劃；可是年輕一代都懷有讀萬卷書行萬里路壯志的今日，又有幾個家庭不是剩下二老孤獨相守？這真是無可奈何的事也是現代人的悲哀啊！

孩子，在你的嬰兒和幼兒期是四個兄弟中跟我最親密的一個。你只有一歲多的時候，每天早上都會從小床爬上我的大床然後靜靜地伏在我的枕畔，等我醒來。我每天一睜開眼睛，就會看到你天使般的小臉。你說，這樣的嬰兒有多可愛，多乖巧！等到你大一點會唱歌了，你又常常把這兩句話編入一些你所熟悉的旋律裡：「媽媽是一個乖人，全世界上最乖的人。」啊！孩子，媽媽那個時候聽見了有多開心，如今想起來卻是眼淚都要掉下來。

當然，孩子長大了自有他們的天地，尤其是男孩子，更不會永遠膩在媽媽身邊。你我的密切關係大概到你升上中學時就告終結到你上了大學就更加疏遠。你開始甚麼事情都不讓父母知道，一副諱莫如深的樣子。因為你怕我們囉嗦。其實，我們的管教並不嚴，自問是相當開明的家長，只因太愛你們，也許關懷過度而已。現在，你離了家，已經是完全自由，當你遇到了難題而無法解決時，不知道會不會懷念起老爸老媽的囉嗦。

近年來，你在家時老是喜歡大開電唱機放熱門音樂，即使我們在睡覺也不肯把音量弄小一點。又時常深夜不歸，害得我們提心吊膽，不能入睡。你在旅途的第一站——東京寫信回家，說今後再也沒有人吵我們，也再也沒有人遲歸害我們擔心。孩子，假使能夠把你留在家裡，我們是寧願接受熱門音樂的吵鬧的。雖然無人夜歸，你以為我們就不再為你擔心麼？你永遠是我所疼愛的兒子，即使離家千萬里，我們還是牽腸掛肚的。

你這次出國深造，既有獎學金，而你的大哥二哥也在同一間學校，可以照顧你，照理，備和我是比較可以放心的。但是我又擔心你離開學校五年，功課都荒疏了，重做學生，會不會太吃力。在家舒服慣了，如今起居生活都要自己照應，又是否能夠適應。我絮絮叨叨的說了一大堆，你一定又嫌我嘮叨，笑我緊張過度。孩子，你那會了解父母的心理：兒子再大，在他們的心目中，永遠還是小孩子，何況你又是初次離家，置身異域？孩子，好好的保重吧！為了你自己，也為你的父母和你的國家。我們大家都在等著你回來。

媽媽

倚枕候兒歸

么兒去年出國深造，第一封寄回來的家中信有幾句：「我離家後，你們就不會受到熱門音樂的吵鬧，也不會再有人遲歸而害得媽睡不著了。」這孩子還算有良心，曉得他經常放些喧鬧不堪、震耳欲聾的搖滾樂會吵我們，也曉得他的經常深夜回家害我提心吊膽睡不著。那麼，他當時為甚麼要那樣做呢？

被熱門音樂吵鬧，我倒是勉強可以忍受。為了避免產生代溝，我有時也只好強迫自己去接受這些年輕人的玩藝兒。么兒明知我不愛聽，偶然頑皮起來，還故意問我好聽不好聽，我則故意回答說：「好聽極了！」他雖然知道我說的假話倒也一笑置之，彼此心照不宣。

至於他的經常在晚上遲歸，卻是「是可忍孰不可忍」了。

少年時代的我，素有「鷄眼」之稱，那意思就是一人黑眼睛即睜不起來，像鷄那樣早睡。的確，我從小到壯年，一直都是早睡早起；而且，頭一沾枕，立即酣睡到天亮，從來不知失眠為何物。

也不知是否由於這些年的用腦過度，人到中年竟也時有躺在床上幾個鐘頭仍然無法入睡的現象。凡是家裡有人還沒有回來，甚至還沒有入睡，都會影響到我的睡眠非等到那個夜歸人回來，全家都上了床，熄了燈，我才能安心入睡。此外，晚上有應酬，第二天要出遠門，或者有一件重要的事情懸而未決，這個晚上我也一定會失眠到凌晨兩三點才能睡著。這個時候，人是疲倦的，腦筋卻異常清醒。不過？可千萬不能焦急。越急就越睡不著，就像白天等候公共汽車，越急越等不到一樣，必須心平氣和、好整以暇，盡去想些愉快的事，這樣，才能在不知不覺中進入夢鄉。

在種種使我失眠的因素中，應酬之後、要出遠門、有心事，這些在自己控制能力之內的，我尚且無法使自己入睡；那麼有人遲歸，因素操之在人，我當然是非等到這個人回來，勢必無法成眠的了。

在我的四個孩子中，以老大和老么兩個最常遲歸。我除了心急自己睡不著，怕影響到第二天的精神以外，更躭心他們的安全，怕他們出車禍。那種滋味的難受，若非親身嘗試過，實在難以體會出來。

老大在大學快畢業時跟班上的一位女同學戀愛，從此經常遲歸。那時他騎的是腳踏車，只要逾時不歸，我就疑神疑鬼的以為他被別的車子撞了。在夜深人靜中，心情特別緊張，神經也特別脆弱，一想到種種不幸，整個人都為之惶然不安。而睡在鄰床的丈夫，卻是鼾聲大作，熟睡如泥，彷彿沒事人一樣。我既恨他對兒子的安全毫不關心，又羨慕他的居然能夠安睡，內心更是十分矛盾。

不但丈夫熟睡如泥，其他三個兒子也全都如常安詳入睡，似乎沒有一個人關心他哥哥在外的安全。這時，我就覺得自己簡直是個先天下之憂而憂的聖哲；要不然，就是一個眾人皆醉我獨醒的守夜人吧？可憐天下父母心，從前的慈母倚閭望兒歸，我這個現代慈母卻是倚枕候兒歸。

這個時候的我，變得敏感極了。我豎起耳朵，提高警覺，任何一種微細的聲音我都可以聽得到。客廳裡的一具德國座鐘，每半小時便敲一下，於是我從十一點半等候到十二點半，依然毫無動靜，真是度秒如年。好不容易，聽見街上有腳踏車停下來的聲音，大門上有鑰匙插進去的聲音；這時，我精神上的壓力立刻鬆弛下來，知道那個害我失眠了半晚的人兒終於安然歸來了。然後，我聽見他進浴室放水洗澡的聲音，又聽起他洗完澡進入臥房的聲音。等到他熄燈就寢，整個房子進入黑暗，他可能就像我少年時代那樣頭一沾枕就睡著了；然而，我卻可能還要過半小時或一小時才能夠正式入睡。因為，經過了幾個鐘頭精神上的折騰，我的頭腦已處於亢奮狀態中，睡意早已消失得無影無踪。於是，我不但先天下之憂而憂，而且也後天下之樂而樂；儘管我已上床幾小時而兒子才回家，但是我仍然是全家最後入睡的一個。

老大出國之後，我有了幾年不須倚枕候兒歸的好日子；不料，幾年以後，舊事重演，輪到老么也交女朋友了，我的好日子也消失了，每逢他遲歸的夜裡我又得忍受那種「先天下之憂而憂」的況味。

更糟的是，如今老么騎的是機車而不是腳踏車，如今車禍那麼多，這玩藝兒有多危險！因此，只要他遲了十分鐘不歸，我就覺得那十分鐘長似一個世紀。每逢街上有機車經過，我都以為是他回來；可惜，機車一部部經過，又一部部開走，卻沒有一部是兒子的。這時，那種「過盡千帆皆不是」的悵惘之情，加上一份害怕他出了車禍的焦灼，真是把人煎熬得五內俱焚。這一兩年我的頭髮白了不少，真恐怕是為了等兒子回家等白的。

好了，如今這個經常遲歸、害我失眠的兒子也出國了，照理我可以夜夜酣眠了吧？事實卻不如此簡單，生活裡少不免會有應酬；晚上偶然也會去聽聽音樂會；傷腦筋的事也有時會出現（現在我在出遠門之前不會失眠了）；因此，我還是常常會有在黑暗中瞪著眼睛直到凌晨兩三點的情形。還好，一夜睡不好，第二夜就自然會補足。到目前為止，我還沒有受到失眠的威脅，關於這一點，我是應該感謝上蒼的。

《青年戰士報・新文藝》

初為人祖

身為女人，而且又有過四次為母的經驗；但是我卻從來不曾看過別人生產，也很少有過在產房外等候嬰兒降生的機會。在電影上，倒常常看到等候妻子分娩的丈夫，在產房外面猛吸香煙、大踱方步的鏡頭。心裡老是有點不明白，等候妻子生產，真是這副德行的嗎？

想不到，有一天居然輪到我焦急地等候在產房外了。當然，我沒有變性成為男人，我是在等候我的孫兒降生。

那是個初冬的晚上，距離媳婦的預產期還有一個星期。頭一胎只會遲不會早，雖然一切都已作了準備，不過我們都是以為不會這樣快的。那個晚上，不，應該說是凌晨了，大約三點鐘的時候，兒子叫醒我和老伴，說媳婦有陣痛的現象。我以識途老馬自居，立刻叫他去找計程車，叫媳婦打點要帶到醫院的東西，而且自告奮勇陪他們去。還好那天天氣不冷，要不然，深夜從被窩裡爬起來，那真是夠受的。真奇怪！小東西為什麼偏偏喜歡在黑夜裡出生？

醫院離家不遠，一會兒就到了。辦好手續，媳婦送進產房，這時是三時半。偌大一間醫院，靜悄悄的就剩下我和兒子兩個坐在長廊上。兒子很少說話，我不知道他緊張不緊張；而我，卻是心事重重，十分焦慮。我一會兒擔心媳婦會不會難產，一會兒又擔心小孩子不知道是否健康。但是我怕兒子笑我杞人憂天，不敢把這些話說出來。

在等候中，時間過得特別慢。等了不到一個鐘頭，忽然，一陣響亮的嬰兒啼聲似乎來自產房，我推了推坐在身旁的兒子，跳了起來，走到護士的櫃臺旁邊去聽，果然啼聲一陣響似一陣。不錯，大概是我的孫兒已經降生了，這麼快，母子一定都平安吧？說來真奇怪，這個時候，竟然緊張得雙膝發抖。

一會兒，護士抱著一個嬰兒從產房走進育嬰室。嬰兒還沒有洗澡，還不能給我們看。她只是遠遠向兒子說了一聲：「恭喜你！是位千金。」兒子高興得咧開了嘴，他一直就盼望有個女兒，如今是得償所願。我嘛！生男生女一樣好，無所謂，只要孩子健康就行。

又過了一會兒，護士替嬰兒洗過澡，放在小車子上，停放在玻璃窗旁邊，招手叫我們去隔著窗口看。小車裡，一個紅冬冬的小人兒正安詳地沉沉入睡，這就是我的孫女了，她的模樣，不就像兒子當年出生時一樣麼？兒子是到了臺灣的第二年出生的，他兒時的一切情景還恍如昨日；然而，轉瞬之間，他也為人之父了。「梨園弟子江湖老」，我們離鄉已將三十載，當時雖年少，如今又怎能不老呢？

我們家已有二十多年沒有嬰兒，自從小孫女來臨，就驟然熱鬧起來，但是也秩序大亂。首先是兒子房間的由整潔變零亂。他本來把房間佈置得頗美觀的，有了嬰兒，可顧不得那麼多了。奶瓶、尿布、尿褲、奶粉罐、蜂蜜、熱水瓶、奶瓶刷、爽身粉、嬰兒油……堆滿了房間，以前，真沒有想到嬰兒會需要那麼多東西，浴室裡，晾滿了嬰兒的紗布手帕和涎巾；後陽臺晒滿了嬰兒的尿布和小衣服、浴巾。驟然間，屋子的空間也似乎變小了。

除了兒子和媳婦外，受影響最大的就是我。從前，媳婦可以幫忙我做不少家事。現在，在她的月子裡，我不但要獨自挑起全部家務，還要替嬰兒洗尿布和衣物。想想自己從前養四個孩子都不曾親手洗過尿布，事事有傭人代勞，又怎想到如今居然要替第三代作牛馬？雖然時代不同，現在我們的社會已邁入工業時代，女傭十分難找，我的躬親操作，絕對不是表示家道中落；但是，當我想到自己將來老得不能行動，孫兒肯不肯服侍這個老祖母時就不禁為現代人的孝道顛倒過來而感到一陣惘然。

最有趣的是，我那四個孩子在新生兒時期我從來不曾有過機會替他們洗澡，因為我那口子太能幹了，不讓我動手，我也就樂得坐享其成。然而，我現在當祖母了，身為一個資深老媽媽，怎能告訴媳婦自己不會替嬰兒洗澡呢？於是，在媳婦還住在醫院時，我去探視，乘機就站在嬰兒室的玻璃窗外觀察護士小姐怎樣替嬰兒洗澡。還好，這並不是什麼高深的學問，經過一次見習，立刻成竹在胸。回家以後如法炮製，倒也蠻像那麼一回事。首先用左手托住嬰兒的後頸，大拇指和食指扣在嬰兒兩耳後，右手捧著小屁股，就輕輕放進水裡。水不要太熱，比體溫略高一點點，在三十七度五或三十八度即可，嬰兒都喜歡洗澡，即使在脫衣服時啼哭不休，一放進水裡便馬上止哭。這時，左手托住他，便可以用右手替他洗前身。洗過前面，把嬰兒翻一個身，讓他伏在左臂上，左手從他的腋下穿過去扶住他的後面，就可以洗後背了。替嬰兒洗澡的樂趣，非親歷其境，無法體會。當年我失去替自己嬰兒洗澡的機會，如今可說是失之東隅，收之桑榆了。

不是我吹牛，我這個小孫女可真是小美人。一出娘胎，我們就發現她有一雙又圓又大、眼珠又黑又亮，而且是雙眼皮眼睛。雖說黃毛丫頭十八變，只憑她這一雙眼睛，我們就深信她不會變醜。小小的鼻子已有點氣勢似乎將來不會是塌鼻子或者朝天鼻。小小的嘴巴會做出各種表情和姿勢；左頰上還有個小茶渦更是說有多可愛就多可愛。她的頭髮頗多，不像有些嬰兒牛山濯濯，像個小尤勃連納。她的頭型圓圓的，小臉也圓圓的，皮膚細嫩得吹彈得破。她睡覺時安詳有如小天使，醒時又可愛得像個大洋娃娃。於是，我又挖空心思為她取綽號（她的名字是我代兒子取的）：安琪兒、寧馨兒、小可愛、小寶貝、小公主……把世界上所有最美麗的名詞都送給她，我覺得都還不足以形容她於萬一。

從前我帶自己的孩子，由於是義務性的而且那時又年輕不懂事，總是覺得苦不堪言，巴不得把他們像吹汽球那樣一下子就吹大。現在我帶孫兒、是玩票式的。雖然我也抱著哄她睡，為的愛心為了想減輕媳婦的辛勞。因此，不但不以為苦，反而覺得樂趣無窮。這就是帶孫兒與帶子女的不同之點。

有人認為帶自己孩子是天經地義，而且那個時候年輕，捱點苦也不要緊。現在升級到祖字輩，年紀也大了，何必再為兒孫做馬牛呢？說這番話的人一定還不曾享受過「含飴弄孫」之樂，因為他不知道祖父母疼愛孫兒的心情。何況，現代人壽命提高，四五十歲的祖父母尚在中年，一點也不老，還有足夠的精神與體力為第三代效勞。

我一向喜愛各種小動物（包括了乳獅和乳虎在內），自然也喜愛嬰兒。嬰兒的純潔、無邪與天真，可說是美的化身。我這一生。有三次親近欣賞嬰兒的機會。第一次是我的么弟么妹幼時，那時我已經十幾歲了，常常幫母親抱他們，從那時開始便已著迷於嬰兒的純美。第二次是自己的孩子。本來，自己的兒子就是再醜，在父母眼中也是美麗的。當然，我那四個小男娃娃就變成了我目中的安琪兒。憑良心說，我的孩子在嬰兒時代都很可愛，人見人讚。想不到，青出於藍，我的小孫女又比我的兒子們更漂亮更可愛，我這第三次欣賞嬰兒，簡直可說是如痴如狂的。她在睡覺時，我往往會站在小床邊看個一二十分鐘而捨不得走開，看她那張在熟睡中的玫瑰色小臉蛋，看她在夢裡微笑。小小人兒，想不到竟然如此有魅力！她現在還不到兩個月大她拿奶瓶，替她洗澡、換尿布；為她沖洗黃金萬兩的尿布……，可是，我做這些都是出乎自己對大人的疼愛還不會有反應；將來長大一點，會牙牙學語時，更是將不知如何的「迷我」了。

我很自私，很想獨佔這個全家鍾愛的小東西。我最高興就是兒子和媳婦雙雙外出，拜托我代為照顧他們的女兒。這時，我和小孫女單獨相處，便有一種相依為命的感覺，我甘願放下一切工作來伺候她。要是她乖乖地在我懷裡安睡，我就感到十分驕傲與安慰，認為自己育兒有方。要是她肚子疼、吐奶或者有什麼不舒服的現象，我就憂心如焚、坐立不安，恨不得把她的痛苦轉移到自己身上。

由於自己會唱幾首歌，當年做小母親時，往往一面哄嬰兒睡，一面低低哼著催眠歌。如今做了祖母，寶刀未老，又開始為我的孫女唱歌催眠。莫札特的、舒伯特的、布拉姆斯〈搖籃曲〉、〈輕輕地流，甜蜜的阿富頓河〉、〈漫漫長夜〉、〈甜蜜而低沉〉等等少女時代學來的英文催眠歌，又一首一首地自我的口中流出。儘管我的嗓音並不甜美，才一個多月的小孫女也未必被這些旋律催眠；可是，我卻很喜歡這樣做。一個婦人（不論母親或祖母），懷中抱著嬰兒，眼中流露出慈愛的光輝，嘴裡哼著催眠歌，這不是一幅人間最美的圖畫嗎？

我有點懷疑，我這樣疼愛我的小孫女，到底是因為她生得美，還是出於真正的骨肉之情呢？假使她不美，而我卻一樣愛她；或者這個美麗的嬰兒是屬於別人的，我對她的興趣便沒有這麼濃厚。這樣一來，才能證明我真是一個慈愛的祖母。到底我做祖母的資歷尚淺，才不過一個多月，而且又只是玩票式的幫忙帶孩子，前面的問題，我自己也回答不出來。自從有了這個小孫女，我和兒子媳婦之間的關係似乎又加深一層。由於他們年輕不懂事，對於育兒方面的常識，自然要常常向我討教。我們平日的談話，也是三句離不開嬰兒。早上第一次見面，我一定首先向孫女「問好」，問他們「小孩晚上鬧不鬧？」每次經過兒子的房間。如果發現小傢伙是醒著的，就一定要走進去抱抱她逗她。這一兩個月以來，我感到自己特別忙，而且一事無成。起初我想不出是甚麼原因，最近才發現：原來我的時間都被小孫女佔去大半啦！

《家庭》月刊

抱孫真是樂事嗎？

記得十幾年前我到香港歸寧，那時，雙親仍然健在，母親曾經半開玩笑地跟我說：「你在唸初中時說過長大後不結婚，要當校長的。現在，你卻做了四個孩子的媽媽！」

是的，我少小的時候曾經抱過獨身主義，因為我那時性情孤僻，喜歡獨處。家裡弟弟妹妹一大堆，吵吵鬧鬧的，無時清靜，我真不願意步母親的後塵。可是，等到長大後卻一古腦兒把當年的「理想」忘得乾乾淨淨，不但糊裡糊塗地結了婚，也糊裡糊塗地生了四個兒子，然後又糊裡糊塗地把他們帶大。

現在，前面的三個兒子都結婚了，也已經有了一個孫女。在別人眼中，我是個有福氣的老太太，其實，也不盡然。我並不是人在福中不知福；只是，以一個現代人的眼光看來，子孫滿堂不見得就是福氣。而且，我少年時喜歡清靜地獨處的老脾氣又發作了，家裡太熱鬧，又有一個頑皮搗蛋的小傢伙整天纏著，使我完全喪失了自由，也使得我這個「全福老太太」居然羨慕起那些無兒無女似神仙的夫婦來。

我家的老大老二都是婚後不久就雙雙赴美深造，所以我家始終沒有發生過「大家庭好還是小家庭好」的問題。三年多以前我離開我的工作單位，專心在家寫作。那時，老大老二已出國，老三在外地工作，老么在服兵役，老伴每天上班，早出晚歸，家裡經常只有我一個人，我覺得自由自在極了。中午不必做飯，我高興上街就上街，訪友、購物、看電影，無牽無掛，隨便我玩多久就多久。不出去的時候，把屋子收拾得一塵不染，窗明几淨，絕對不會有人弄亂。寫作、讀書、聽音樂，也不會有人打擾。那時，真是我一生中最逍遙快樂的時光。年輕的時候被四個小蘿蔔頭拖得那麼累，這時總算得到多少補償。

可惜，好景不常，我逍遙了不過半年光景，老三就宣佈要結婚了，而且婚後還要住在家裡。那時我剛剛買了新居，有足夠的房間做新房，當然表示歡迎（就算地方不夠也不會拒絕）；於是，我們家裡增加了一位成員，而我逍遙的日子也告結束，從此我不好意思單獨行動。

少出去玩，倒不至於影響我的生活，家裡多了一個不愛說話的人，還是很清靜的。每天，我在我的房間裡寫作，媳婦在她的房間裡打毛衣，倒也相安無事。

小孫女出生不久之後，老伴剛好也退休，這時，白天家裡一共大小四個沒有職業的閒人，可真是熱鬧極了，而我也更不得自由。現在，問題不在媳婦身上，她有了小娃娃，當然不方便出門，我是不必考慮她的。問題是在老伴，他是那種既沒有任何嗜好，也沒有幾個朋友的人，一旦退休，便不知如何排遣。還好有了個小孫女，於是就一天到晚婆婆媽媽地把全副時間和精神貫注在嬰兒身上，餵奶也管，換尿布也管，藉以消磨光陰。我身為人妻、人母和祖母，也就因此而不能太瀟灑地丟開一切不管，也更不好意思單獨外出。

這個階段，雖然晚上常會被嬰兒哭得睡不著，星期假日兒子媳婦出去玩我又得暫充臨時褓姆，但是還不會怎樣影響我的寫作。有時，獨自守著搖籃中的嬰兒，看著她小天使般的面容，反而覺得是一種安慰。

隨著嬰兒的日漸長大，我的時間也被她剝奪得越多。從她學會了跨在學步車中滿屋子亂跑開始，我便整天不得安寧。每當我坐在書桌前閱讀或爬格子時，隨著一陣急促的輪子滾動聲，小傢伙跨著學步車來也。一來到我的身邊，小東西就要爬上我的身上，一看到她那天真可愛的樣子，我心甘情願地把手中的書本和原子筆放下，把她抱起來。

偶然這樣，我也許會覺得很好玩，每天如此，便感到不勝其擾。這時，她才幾個月大，白天睡眠的時間比較多，對我的騷擾還有限。等到她過了週歲，自已會走路以後，就更加麻煩。為了怕她來搗蛋，有時我把自己關在房間裡，小傢伙一來，就用小手拼命拍門，拍得驚天動地，嘴裡還直喊「奶奶！奶奶！」，我就只好乖乖投降，開門給她進來。

現在，小傢伙已滿兩週歲了，既聰明又伶俐，渾身有用不完的精力，比男孩子還要頑皮。整間屋子裡的抽屜和櫃子，凡是她搆得著的，鎖不上的，她通通要打開來把裡面的東西一一搬出來把玩，經常把家裡弄得亂七八糟。要是禁止她這樣做，她就哭鬧不休。她自己的玩具一大堆，可是她都不感興趣，就是喜歡玩大人的東西。我的化妝品是她最愛玩的一種，還常常拿起口紅裝模作樣地往小嘴上塗（幸虧她還不會把唇膏轉出來），看了真叫人啼笑皆非。

我曾經看過一本育兒的書，說世界上的每一個嬰（幼）兒都是獨一無二的，一般的育兒法則不可能完全適用於所有的孩子身上。我覺得我的小孫女更似乎沒有一條法則可以適用。譬如說「轉移目標法」吧，她要玩我的粉盒，我想用一本漂亮的圖畫書來轉移她的目標，然而，小傢伙卻是擇善固執，怎樣也不肯放手。有時，拗她不過，只好採用放任法，讓她玩個夠；這時，她又會忽然對化妝品厭倦起來，反而要玩我抽屜中的手帕和圍巾。

在她的面前，我可說什麼事都不能做。我看書看報，她會動手來搶。我坐在書桌前寫字，她兩下便從椅子上爬到書桌上，這時我若不以比她更快的速度來把桌上的紙筆收起來，所有的東西都一定會遭殃。我坐在客廳看電視，她會走過來硬把我拉起來，要我陪她去玩。我做針黹，她會把我整個針線盒倒翻。我打開任何一個抽屜或櫃子，她會立刻跑過來翻弄裡面的東西。有時，她還會跑到廚房去把電鍋的開關打開或關上；瓦斯桶她也想去旋開，只是沒有氣力罷了。

當然，這一切頑皮的舉動，都是一個健康的幼兒正常的行為。可是，她整天纏著我，佔據了我大部分的時間，卻使我很不甘心假使我只是一個普通的家庭婦女，不需要有任何精神生活，有這麼一個活潑可愛的小娃兒跟我作伴，那真是求之不得的。可惜我不是，我需要時間讀書、寫作、聽音樂、學畫、交朋友；我還不太老，我怎能夠把我的第二春——女性一生中最美好的光陰交付給一個無知的嬰兒呢？

當年我生下老大時，因為年輕沒有經驗而弄得手忙腳亂，也曾經寫過一篇文章大大地發了一次牢騷，表示不甘為了嬰兒而在家裡雌伏。然而，那是自己的兒子，我是有義務為他犧牲的。為第三代，似乎就不值得了，我已經苦過一次，為甚要再吃一次苦？偶然帶帶孫子，任何一個做祖父母的，都會視為樂事；每天被小東西歪纏不休，我相信很少人不抱怨的吧？

我這樣「嫌棄」我的小孫女，聽起來似乎是一個很不慈祥的祖母，其實我是很愛她的，我愛她甚至勝過自己的四個兒子。我只希望她不要破壞我寧靜的生活，也不要妨害我寫作讀書的自由，每天讓我有五六小時的清靜，我就認為她是天上的安琪兒，吾家的開心果和解語花了。

抱孫是一樂，不過這得看看自己是不是還有其他的事業、工作或嗜好，還是想一心一意當個專業性的祖母。假使你除了家庭以外就沒有其他寄託的話，三代同堂，有個把小孫兒在身邊，那麼你晚的年就會過得很熱鬧，否則的話，還是三思而後行為宜。

《女性雜誌》

天下無不散之筵

我一向自恃鐵石心腸，不輕易傷感落淚。跟朋友們去看悲劇性電影，銀幕上出現淒慘鏡頭，她們一個個都哭得稀哩嘩啦，像個淚人兒似的；而我卻頂多覺得有點鼻酸而已。我四個兒子中的三個都先後出國，其中的兩個又曾經回來過再出去，所以我前後已經歷過五次送子登機的場面。在分手的那一剎那，我那感情脆弱的老伴每次都忍不住掉淚；而我這個做媽媽的反而從未在人前「出醜」。兒子出國是為了他們的錦綉前程，何況現在交通發達，洲與洲之間朝發夕至，天涯有若比鄰，今日的遠別有什麼值得哭的？因此之故，我每次送兒子出國，都是高高興興的去機場，快快樂樂的回家，只不過多多少少有點人去房空之感而已。

這個暑假么兒回家待了四個星期，四個星期快得就像四天。他出國整整四年，出去磨練了一番，人也變得乖巧懂事得多，不免使我想起他在嬰兒時期的可愛、童年時跟我的親近，而忘記了他在尷尬年齡時種種使我傷腦筋的行為。記得他在一歲左右，每天早上都在我還沒有醒以前就從他的小床爬上我的床頭，伏在我的枕頭靜靜地吮著手指等我醒來。我一睜開眼睛，就看見他美好有如安琪兒的小臉，這往往使得我為之終日開懷。從上幼稚園到小學，他又是我去看電影的同伴（長大以後我們一起看電視影集又最志同道合），直至他升上六年級，在升學的壓力下才自動故棄了這種他哥哥享受不到的母子親炙的機會。他的中學時代跟一般男孩子一樣，跟母親比較疏遠；但是，上了大學，又因為我都是聽古典音樂和看外國影集的同道而又親近起來。他服完兵役找到工作後，他的三個哥哥都已結婚，其中又有兩人在國外，這個么兒子就等於獨享了父母的愛。他的性情比較活潑，也喜歡開玩笑；公餘之暇，我們一同聽唱片、看影集，交換彼此看過的好書，彷彿又再度同享他小時候那種母子之間的甜蜜。

四年前他拿到獎學金也出國去了，一年之後我到紐約去看他。他跟一些同學合租了一層年代久遠的舊式公寓同住，男孩子們不肯收拾居室，客廳裡不但亂七八糟，而且發出一股霉腐的氣味，白天裡老鼠蟑螂也橫行無忌。么兒的房間還算整潔，但是面積很小，窗口外面就是一堵牆，以至悶熱不堪。那棟公寓沒有冷氣設備，他就只靠著一部我們從臺灣寄去的小型電風扇驅暑。所睡的一張床特別窄小，整張床墊又都已塌陷，躺下去極不舒服，像這樣的一張破床墊，在這裡丟在街上是絕對沒有人撿的。想到么兒在家時的嬌生慣養，跑到海外卻要受這些物質上的苦，使得我忍不住掉下淚來（這時再也無法鐵石心腸了），不過我沒有讓他看到。

這次回來他顯然變得懂事得多。他問我眼睛還痛不痛；他記得我從前每到秋天手指都會乾裂，便為我買了一瓶專門醫治手指乾裂的護膚膏。他記得我去信時提過找不到的、或者欠缺的唱片名稱，現在便一一都買了回來。家裡的一臺果汁機打破了，我們因為不常應用而還沒有再買，他不聲不響的就去買了一臺回來。最令我感動的是他花了很多工夫替我把架上接近一千張的唱片全部都整理過，太舊的、我不愛聽的，統統都淘汰掉，再重新分類排列得井井有條，使我以後容易找。啊！這分心事，真是比送我什麼名貴的舶來化妝品或裝飾品（別人的兒女都是送給母親這一類的禮品，唯獨我的幾個兒子卻喜歡送我唱片、書本或圖畫）都貴重得多。

小兒子回來了，我又可以天天享受他放（唱片）我聽的福分。這福分，這歡樂，使得我太滿足了，滿足得竟有點懷疑它的真實性，簡直以為是時光在倒流。在他回來了兩個星期以後，我就開始為再度的別離感到恐懼，也開始在計算那有限的可以相聚的日子。么兒聽見我在算還有幾天他就要走，頗不以為然，就對我說：「幹嗎要去算它？有什麼好算的？」是怕我太難過嗎？抑或他自己也忍受不了離愁別恨？

快樂的四個星期飛逝如流水，他離臺那天，我和他父親親自送他到中正機場，因為同行還有兩個他大學時代的同學，幾個年輕人一路上嘻嘻哈哈的，倒也沖淡了不少愁緒。分手前我們很自然地不約而同的行了西方人的擁抱禮，分開後我竟然不自覺地把他的臉龐摸了一下，在下意識中，我大概還當他是當年那個每天清晨伏在我枕上的小男嬰哩！

把他送走，從中正機場回到家裡，雖然心情有點沉重，倒也沒有什麼。直至當天夜半從睡夢中醒來，忽然想起么兒已經遠去，即使他兩年後回來（他曾經答應我們，以後每兩年回來一次），一定已經成家立室，兒子一結了婚，變成了別人的夫，跟他的父母之間的關係便會像朋友一樣，不可能再像從前那樣親近（女兒則比較不會變）；那麼，我們這四個星期的歡樂似乎真是不可再了。暗夜裡，我忍不住悲從中來，輾轉無法成眠。李叔同大師那首〈憶兒時〉的最後兩句：「兒時歡樂，兒時歡樂，斯樂不可作」，不斷地在腦海中迴旋著，悽惻不能自已。

好久好久之後，我才想到用「天下無不散之筵」這句話來安慰自己。兒女終歸會長大的，多少年前我已懂得「小鳥翅膀長硬便會高飛遠走」的道理。過去他們兄弟出國我都沒有傷感，這次為何又感情這麼脆弱？難道鐵石心腸已經軟化了嗎？

民國七十一年《新生報・副刊》

人生的軌跡

今年春節過後，四歲零兩個月的小孫女開始每天穿著圍兜，揹著小書包到幼稚園讀小班（其實她在兩歲半時就已上過幼稚園，只是因為年齡太小了，只讀了一個星期就不肯再去）。當她第一天下樓去跟鄰居的小朋友一起乘坐園方的娃娃車去上學，在門口笑嘻嘻地揮手向我們說再見時，忽然間時光倒流，我看見的是三十年前我的大兒子上幼稚園的情景。同時，內心裡也是百感交雜，五味俱全。

老大幼時，身體多病而有點魯鈍，跟這個小孫女的聰明早熟相差不可以道里計。他出生於廣州，兩歲半來到臺灣，國語說得不怎麼靈光，在考幼稚園時（那時臺北的幼稚園不多，入學前都要經過考試，不像現在只要報名就行），不但應對拙劣，而且對顏色也不會分辨，十足一副IQ零蛋的樣子。不過，無論如何，在送他去應考時，我心中總有一絲絲的喜悅與驕傲：啊！我的孩子已經可以入學了，我已經是學生的家長啦！然而，這一絲絲的喜悅與驕傲又立刻被另一種傷感所取代：孩子都上幼稚園了，我也不再年輕啦！我一面為自己青春的將逝而傷懷，一面游目四顧，注意其他的家長。她們之中，有比我年長的，也有比我年輕的。在我旁邊的一位，看來頂多不過二十歲，還像個大學生的樣子。我記得我們曾經攀談了一會兒，她告訴我她十七歲就結婚了。那麼，她現在不過二十二歲而已，她似乎並沒有因為這麼早就做了家庭主婦和母親而懊惱，我又何必為了自己過早的把全部生命貢獻給家庭和孩子而不甘心呢？

大兒雖笨，也終於考取了幼稚園。當時的幼稚園根本沒有校車的設備。每天上下課都由他父親騎腳踏車送接，孩子坐在腳踏車把手上掛著的籐製小椅兒上，腳踏車叮叮噹噹地在車輛還不算多的成都路和衡陽路上向新公園駛去，他一路上東張西望看街景，倒也自得其樂。也許正因為他太過不能專心，喜歡旁騖，所以在幼稚園裡表現得非常笨拙。小朋友一起唱遊時，他老是心不在焉地動作跟不上別人。他上國小一年級時考了個三十幾名，跟他同班的鄰居的孩子卻考第二，這使得我在鄰居之間很沒有面子。他一直到了三年級還是個中下之才，不料到了四年級卻忽然開竅，竄到第一名，以後便年年名列前茅，國小畢業後得以考上建中而附中而臺大。後來出洋留學，雖然歷盡艱辛與波折，但終於也拿到了哥大的碩士學位。此子大概也屬於大器晚成吧？這是題外的話。

三十載光陰如逝水，不但大兒已為人父，他的姪女（他三弟的女兒）居然也到了上幼稚園的階段，一代代的迅速成長真令人有浮生若夢之感。有時，我陪小孫女畫圖，她要我替她畫洋娃娃或者卡通片中的小甜甜，我更彷彿以為自己是在少女時代跟妹妹們一起畫圖畫。三代之間的童年相距如此之近，真是使我混淆不清。前塵影事，歷歷在目，不禁疑真似幻。

自從小孫女半歲以後，她母親因為經常帶她在巷子裡散步而結識了許多鄰居。托小孫女之福，我每次上街，鄰居的少婦們便盼咐她們的孩子喊我「奶奶」。起初聽了不但不習慣，甚而有點自傷老大。但是，幾年下來，我不但完全習慣了這個稱呼，而且聽來十分悅耳。每天黃昏之際，我下班回家走進巷子，都有一大群孩子在那裡玩耍，或騎腳踏車，或打球，或互相追逐，或者膩在媽媽懷裡撒嬌；這些孩子要是認得我的，都要喊一聲「奶奶」。我多愛聽這童稚的聲音，我覺得這種稱呼已代表了一種敦親睦鄰的傳統道德以及「守望相助」的現代精神。

從自己和妹妹們一起圍著桌子畫洋娃娃，到孩子進入幼稚園，又到了孫女也開始上幼稚園的階段，這都是人生的軌跡的一部分。我們這樣一步步的走，前人這樣一步步的走，後人也這樣一步步的走；生老病死，原是大自然的定律，誰也不能避免。覺得光陰彈指其實是好事；假使老是有著「長夜漫漫何時旦」之感，那才是莫大的悲哀。

民國七十一年《新生報・副刊》

母子音樂情

在八月底一個秋老虎肆虐的下午，我把么兒送上一部向東飛越太平洋的廣體客機，讓他再回異國去開拓他的錦繡前程。懷著些微落寞的心情從中正機場回到家裡，迎接我的是一屋子的空寂，四個星期的歡聚轉眼已成過去，想想不禁有點黯然神傷。順手扭開收音機的調頻波段，一陣悅耳的、夢幻般的鋼琴聲立刻流瀉而出，這還是我們母子共同喜愛的德布西的曲子哩！我默默地坐在沙發上聆聽著，想起了愛兒遠去，再也沒有人跟我談論音樂，也沒有人會選放好聽的唱片給我欣賞，竟然忍不住悲從中來。

我的四個兒子中有三個是我欣賞古典音樂的同道。要是不謙虛的說，他們之所以喜愛古典音樂，更完全是受我的影響。我是從那個家裡只有一部五燈收音機的年代開始迷上古典音樂的。老實說，那個時代的廣播電臺也比較重視古典音樂，幾乎隨時都可以收聽到很好的音樂節目。那時我們住在一棟十分簡陋破舊的日式樓房上，而孩子們也全都還在稚齡。每天，我都利用那部老式收音機用美好的音樂來裝飾我們的陋室，有了音樂，我就會感覺到好像住在皇宮裡；而我的孩子們就在音樂的薰陶下渡過他們快樂的童年。

給孩子聽音樂，效果是立竿見影的。么兒週歲剛過的時候，還不會說話就開始會跟著大人唱歌。有一天，他忽然直著喉嚨，大聲地哼出一段我們熟悉的旋律，原來竟是歌劇《卡門》中〈鬥牛士之歌〉的主題哩！我們聽了先是大吃一驚，然後又得意洋洋地以為他是「音樂神童」。不過，這只是幼童的模仿行為之一罷了。小時了了，大未必佳，么兒小時候固然很愛唱歌，也唱得不錯，但是到了高小以後，就再也不肯在家裡展示歌喉。他的歌唱「天才」，不過是曇花一現而已。

受我愛好音樂影響最深的當是大兒。他上大學時讀的是外文系（多少也是受我的影響）；可是，他醉心的還是音樂。於是一面去做家教，一面拜師學鋼琴和音樂理論。等到外出工作賺錢了，又買了一部舊鋼琴、一部電唱機以及數不清的唱片，以實現他的夢想。這時，可說是我家音樂風氣最盛的時期，家中不但經常琴聲悠揚，古典音樂的樂聲更是終日不絕。從前他們幼小時是我引起他們愛好音樂的興趣，如今，青出於藍，後生可畏，他們兄弟的音樂知識早已勝過我許多。我的音樂程度始終停留在欣賞的階段，而且喜愛的只限於巴洛克音樂、浪漫派、國民音樂和小部分的印象派作品。而他們三個卻不單以欣賞為滿足，已進步到近乎研究的性質。同一首樂曲，他們為了要聽不同的指揮家和演奏者不同的風格，往往會買回來三四張甚至五六張之多。幾年下來，為數便相當可觀，加上老三的熱門音樂唱片，總共恐怕有一兩千張之譜，已形成氾濫之勢，使得家屋為之頓形擁擠。等到他們都出國以後，這滿坑滿谷的唱片便成為我們家裡的一種累贅（太佔地方了）；由於太多，也使得我在挑唱片時不好找。這時，我便更加懷念他們兄弟在家時「你放我聽」的好處，也想起了他們常常要我猜曲名和作曲者是誰這種好玩而有趣的遊戲。

這次么兒回來，最大的「德政」是替我把唱片全部整理過。在大熱天裡，他不嫌那些沾滿塵埃的唱片弄髒手，一疊疊地從櫃子裡搬出來，把那些舊的、磨損的、我不愛聽的全部送走，使得唱片櫃變得清清爽爽，完全改觀，令我好生感動。

有一次，我在後陽臺收晒晾的衣服，忽然聽見一陣流水似的古箏的聲音，起初以為是鄰居的收音機播放出來的。走到客廳，卻看見么兒坐在那部電子風琴前面彈奏，「古箏」的聲音就從他的琴上發出。我問他怎會彈出這種琴音的，他告訴我，把開關按到大鍵琴部分，只彈黑鍵，聽來就像古箏了。這時，我不禁想起他小時候所表現的音樂「天才」，的確是後生可畏。這部電子風琴我們彈了半年之久，每個人都只是循「規」蹈「矩」的彈，又有誰會想到只彈某一種樂器的黑鍵呢？

自從么兒傳授了「古箏」的彈法後，我就見異思遷，把原來最喜歡電子風琴上的鋼琴音色放棄了。每次坐到琴前，就會按下大鍵琴音色的開關，只彈黑鍵。「古箏」應配古調，可惜我除了〈滿江紅〉、〈王昭君〉等以外，就一首也不會，而且〈王昭君〉的調子也記得不完整，總不能老是彈〈滿江紅〉吧？於是我就隨時即興「作曲」，亂彈一氣；有時甚至只是以手指在黑鍵上劃過。奇怪的是，不論我彈得多麼拙劣，而所發出的琴音仍是琤琤琮琮，有如行雲流水，又彷彿聽見了泠泠的松風。至此，那部電子風琴又給予我一種新的樂趣；它除了本身所具有的五種音色——鋼琴、風琴、大鍵琴、弦樂和管樂以外，又加上一種可以使發思古幽情的「古箏」，這可說是兒子們和我音樂交流的另一次收穫。

收音機的音樂不知在何時已變成了流行國語歌曲，而我居然聽而不聞，一顆心大概早已從時光隧道回到十幾年前的歲月中了。我懶懶地站起來，把收音機關掉，坐到電子風琴前面，按下大鍵琴的開關，雙手隨意在黑鍵上彈奏著一陣陣令人發思古幽情的「箏」樂又流瀉出來。我兒的班機大約已起飛了吧？不知他是否也在想

民國七十一年《中央日報・副刊》

只可自怡悅

幾年前，我寫過一篇短篇小說，內容是說一位退休了的老人，在生日那天收到一份他感到十分意外的禮物——他的妻子和兒女合送的一部風琴，他含著感動的熱淚坐在琴前隨意撫弄琴鍵，所彈出的音符竟然是三十多年前他和妻子談戀愛時常常合唱的一首歌。這完全是虛構的情節，做夢也想不到，距離我今年的生日還有兩個多月，我居然也意外地收到丈夫送給我的一部電子風琴。他很少看我的作品，我不知道他何以會有這樣的一個靈感，也許是巧合吧？不過，說老實話，這倒是很令人感動的；儘管我在家的時候不多，這部琴一家五口都在彈，而我彈的時候最少，但這總是他的一番心意。

我一家人都喜歡音樂，可是，除了半路出家的大兒之外，兩代都沒有人學過樂器或聲樂。來臺的初期，只靠著一部簡陋的五燈收音機作為提供音樂的來源，但是那個時期各廣播電臺都有很好的古典音樂節目，我們母子五人對音樂的狂熱喜愛就是從那時開始培養起來的。么兒在一歲多的時候就由於耳熟能詳而居然會哼唱起〈鬥牛士之歌〉的旋律來，還使得我們以為他是音樂神童哩！

大兒之能夠半路出家，雖則比別人起步晚了十年，也終於在國外拿到音樂學位，這雖然看似異數，不過，我相信也一定是造因於他幼時每天接受古典音樂薰陶之故。他上大學時讀的是外文系，由於對音樂的狂熱與嚮往，便一面當家教，一面去學鋼琴和作曲理論。畢業後，又一面工作一面存錢，一年後就買回一部五成新的鋼琴，作為練彈之用。

這是我們第一次擁有的一部真正的琴。過去，除了孩子們的吉他和口琴外，玩具琴便是家中唯一的樂器。有了一部鋼琴之後，大兒不練琴的時候，家裡其他的人便都搶著去彈。雖然我們全都不會，不過用一隻手指來彈也可以過過癮啊！孩子們年輕、手指靈活、記性好，彈甚麼像甚麼，即使是單音，聽來也頗悅耳。二兒還沾沾自喜地叫我向他點曲子。「你想聽甚麼我就彈甚麼。」他經常那樣說，完全一副自負已極的口吻。

而我們兩老的「演奏」卻總被他們取笑。彈得很慢得重，又只會彈一些像〈聖塔路琪亞〉、〈魂斷藍橋〉、〈老黑喬〉等通俗得不能再通俗的老歌的是他們的老爸。我呢，雖然懂得的歌比他多了不知多少倍，可是拍子老是不對（不愛受拘束嘛），他就說我是「不按牌理出牌」和「自由作曲家」。

那部鋼琴我們享受了沒有多久，大兒出國，便把它賣掉。有琴的時候，我們也曾嫌過大兒練琴時過重的琴音太吵，一旦人去琴空，又感到悵然若失，既懷念孩子，也懷念彈琴的樂趣。

不久之後，遂有了第二部琴。

那是一部義大利製的小型電風琴，橘子色的琴面，襯托著黑白的琴鍵，相當美麗。雖然它只有十五個鍵，但是旁邊另有八個伴奏的鍵，彈起來效果不錯。而且音量又很大，用來彈奏聖詩時，我就幻想它是那種可以上達天庭的管風琴，而自我陶醉不已。這部小小的琴，的確給過我不少歡樂的時光，為了它，我曾經寫過一篇散文〈彈琴樂〉。到如今，這部小小的電風琴在我家已有將近十年的歷史，還是好端端的。只有丈夫嫌它的鍵太少，不屑一顧，一直想買一部大的來取代它的地位。我卻認為無所謂，我又沒有學過琴，練琴只不過為了消遣，為了怡情悅性，何必那麼講究？有一部小型的就夠啦！

前些日子市面上出售一種手提的電子琴，價錢不貴，我建議我們買一部。丈夫卻又反對，說那些琴鍵太小了，簡直就是玩具嘛！要買就買正式的，這種他絕不考慮。

全國樂器大展在國際學舍舉行時，我們一家三代五口曾經浩浩蕩蕩的去參觀想在現場挑一部理想的電子琴。一進門，就被那洶湧的人潮、汙濁的空氣，尤其是那震耳欲聾的，各種樂器交響出來的噪音嚇得奪門而出，掩耳而逃。白白花了四張入場券的錢，結果卻啥也沒有看到。展覽會看不成，那麼，就到樂器店去挑選吧！然而，丈夫又是嫌這嫌那的，沒有一種中他的意。

我以為他已死了這條心，不準備買琴了，怎想得到那天下班回家，一部挺像樣的電子風琴已端端正正地擺在客廳的角落裡。它跟普通的風琴一樣大小，褐色的琴身跟淺棕色的地毯和奶白色的沙發正好相配。

好呀！你嫌那些手提的電子風琴不登大雅，原來是要買這種正式的。這個家又不是你一個人的，幹嘛買這麼大的東西都不跟我商量一下？我發現他這些年來對買「大東西」很有興趣，而且往往事前不讓我知道。今天又故態復萌了，我心裡便不免有點冒火。

「多少錢買的？這麼大一座琴，太佔地方了。」我的口氣不怎麼友善。「多少錢不要你管。擺在這個角落裡不是正好嗎？佔甚麼地方？來，要不要試彈一下？」他卻是笑嘻嘻的。

希望家裡有一部琴不是我多年來的心願嗎？如今，一部漂亮的嶄新的琴就在面前，又怎禁得起誘惑？於是，我坐到琴前看見它左右兩邊都有幾個紅、黃、綠、白的鍵，右邊是讓人選擇樂器的，左邊是選擇拍子的，另外還可以選擇和絃。這麼多的花樣，就算不會彈琴，玩玩也是不錯。我把標明「鋼琴」的那個鍵撳下去，把開關打開，用單指隨便按在琴鍵上，一陣清脆的、琤琮的鋼琴聲便響了起來。

「怎麼樣？不錯吧？」他得意地在我身後問。

「但是，價錢一定很貴。」我真恨自己，老是忘不了現實的問題。

「送給你的，這是你的生日禮物。」

彈琴的手指停住了。我這個喜歡挑剔的人呀！這是生平收到第一份最貴重的禮物，而我竟然一開始就刺刺不休地挑毛病，多難為情啊！

不管怎麼樣，我現在變成這部琴的主人了。可惜，我正想好好地彈幾首心愛的歌曲時，小孫女便跑過來搗亂搶著彈。我跟她說白天讓她彈，晚上我下班回來就讓我彈，好嗎？不好！一個四歲多一點的孩子那講甚麼理？看來我大約只有做這部電子風琴名義上的主人的份兒。

這部琴「住」到我們家裡，從此就開始了它忙碌的服務生涯，小孫女固然搶著彈，兒子、媳婦對此也頗有興趣；丈夫更是一有空就坐下來彈他的〈聖塔路琪亞〉或〈平安夜〉。我反而是全家彈得最少的一個。

儘管如此。這部琴還是給予我不少歡樂。每天黃昏下班回家，要是小孫女不來搶彈（不久之後她的興趣就冷卻下來了），我就在暮色中坐下來彈它幾首。《一百零一首》中的〈薄暮吟〉、〈愛人古老的甜歌〉、〈漫漫長夜〉等拍子較慢的抒情歌曲，都很適合這個時候彈奏。

《一百零一首》彈了沒有多久我便有點厭倦，因為這裡面的歌我太熟悉了，已失去新鮮感。我在堆放舊書的箱子裡找從前的舊歌本，無意中發現一本還是勝利後不久在廣州買的《世界名歌選》，殘缺而發黃的書頁、粗劣的印刷，都證明它年代的久遠。這樣一本書，即使丟在馬路上也絕對沒有人會去把它撿起來，然而它卻是我一位親愛的老朋友。那時我對古典音樂還懂得不多，只知道這裡面有許多好聽的歌。多年後，它失踪了，現在卻又出現，從書頁裡的筆跡看來，知道是大兒的「傑作」，準是他在家時把它據為已有，出國後又把它棄如敝屣。這次失而復得，使我有著無意中在大街上與一位睽違多年的老友重逢之感。我摩挲著變黃了的書頁，仔細閱讀目錄。啊！原來有著這麼多的名歌！當年，我懂得的無非是〈聖母頌〉、〈小夜曲〉、〈菩提樹〉、〈野玫瑰〉、〈搖籃曲〉等等有限的幾首而已。多年後再翻閱，原來它的內容豐富極了，除了舒伯特這些耳熟能詳的藝術歌外，還包羅了從韓德爾、貝多芬的作品，乃至華格納、維爾地、普契尼、比才、唐喬凡尼等人的歌劇咏嘆調，那些我在收音機和唱片上聽到而十分喜愛的聲樂作品，如今居然都白紙黑字的具體地呈現在眼前，那份意外的喜悅與收獲，真是難以形容。

有了歌譜，我對彈琴的興趣更濃了。我用一隻手指，對著簡譜，一首接一首地彈奏出充滿西班牙風情而哀怨動人的〈鴿子〉、葛瑞格淒美的〈索爾維琪之歌〉，還有清新雋永的〈樹〉……。雖然琴音拙劣，甚至不堪入耳，可是也足以自我陶醉。有時，在琴前坐下來，就是欲罷不能，即使有很好的電視節目，也休想引誘我轉向螢光幕。彈琴之樂，真不足為外人道。只可惜自已沒有學過琴，彈出來的琴音在別人耳中變成了噪音。

丈夫彈琴拍子太慢，又老是那幾首歌翻來覆去的彈，聽多了實在有點不耐。而我彈琴的荒腔走板可能也令兒子聽了不舒服。同時他也怕鄰居聽了笑話，就去買了一副這種琴專用的耳機回來，要大家盡量彈無聲的琴。這樣一來，不論琴音多難聽，也吵不到別人，我就更彈得起勁。

本來，我彈琴只是為了消遣，正是「只可自怡悅，那堪持贈君」，有了耳機，就更符合此意。本來，這種電子風琴多少就是帶點消遣作用。我常常喜歡把它能發出的五種樂器的聲音輪流選用，再配上合適的曲子來彈，選用大鍵琴時，我彈巴哈的〈G弦之歌〉和〈綠袖〉，以取它的古意。用弦樂時，彈些比較有哀愁味道的曲子。銅管，我就只會彈〈起床號〉和西德片〈慕情〉主題曲中的一小段。風琴，我用來彈聖詩。至於鋼琴部分，我選用得最多。這種有〈樂器之王〉之稱的樂器，本來就是彈甚麼都合適。偶然靈感來臨，得心應手，彈一些熟悉多年而又比較容易的曲子如〈夏日最後的玫瑰〉、〈眼波勝酒〉、〈羅莽湖〉等等，自已聽來，還挺蕩氣迴腸的。要是遇到只有自已一個人在家的假日，在琴前一坐，往往一兩個鐘頭都不願起來。而琴音給予我的歡樂，更是說不盡，不論心裡有多少煩惱和鬱結，到琴前去彈它半個鐘頭，所有的愁苦都會全都化為烏有。

丈夫曾勸我趁著手指還沒有變僵硬前把指法練好（他少年時學過一個時期的琴，大概有意想為人師），我拒絕了。反正我是個自由派的人士，連拍子都不願墨守成規的，才不要在這一大把年紀時還要苦練不休。英文打字我也沒有學過指法，但是在需要使用時也可以打得頗快，可見指法並不一定需要。更何況，我彈琴純粹是為了自我怡悅，何必去自找拘束呢？

從一部二手鋼琴，到一部小型電風琴，再到今天的這部電子風琴，雖然比不起別人的擁有名牌鋼琴，我們也總算是「有琴階級」了。我相信，我對琴的喜愛是此生不渝的。不曾學過彈，固然是一種遺憾；然而，只要達到了自我怡悅的目的，不嫌自已的琴音拙劣，進入了忘我的境界，不也就是一種精神上至高的享受了嗎？

民國七十一年《新生報・副刊》

荔枝的聯想

有一天的晚飯後，一家人圍坐在餐桌旁邊剝食荔枝。今年寶島的荔枝品質特別好，不但外殼紅艷欲滴，果肉更是顆顆晶瑩剔透，味甜多汁，令人大快朵頤。這時，丈夫突然說了一句：「想不到臺灣現在也能出產這麼好的荔枝，真不輸我們漳州的黑葉仔哩！」

「哦？你現在承認除了你們漳州的產品以外，別的省份也有好吃的荔枝或其他的水果了吧？」我不由得反諷他兩句。

他是個樣樣都不服輸的人，尤其是喜歡吹噓他家鄉的一切。我們新婚時住在我的家鄉廣州，無論吃到甚麼水果以及其他食物，像荔枝、龍眼、芒果、番石榴、香蕉、菠蘿、甘蔗等等，要是我說好吃，他一定說：「比起我們漳州的差得遠了。」而且，每次一談到他家鄉的種種特產，像茶葉、水仙花、各種水果海產、牛肉等，就眉飛色舞，得意非凡，大有「天下第一」那種氣概。固然故鄉的水甜，他少小離家，童年的記憶自是特別甜蜜，也難怪他把家鄉的一切都當作是世上無雙但是也用不著自視太高，把異地的東西貶得一文不值呀！那個時候，大家都年輕氣盛，居然常常為此而發生爭吵。其實，閩粵本來就是一家，氣候和地理環境相似，所出產的食物、水果等等風味也大致相同，有甚麼好爭的呢？現在想起來，當年也實在太幼稚了。

倒是每次吃荔枝，我就會想到我的童年，想到我的父親。荔枝是嶺南名產（丈夫又要說是漳州的荔枝才好吃了），廣州市西關的荔枝灣更是一處消暑的名勝之地。父親嗜食荔枝，每年端節前後荔枝盛產之期，每天都要買幾斤回家給我們孩子們吃個痛快。從小，他就灌輸我一些有關荔枝的常識。我到現在還記得廣東人把荔枝品種的良窳是這樣分級的：糯米糍（肉多核小味甜）、桂味（核小有桂花香）、黑葉（最普通的一種）、肉荷每（顆粒大，核也大）、槐枝（最差的一種）等。另有一種名叫「掛綠」的，產於增城一所寺廟內，據說只有一棵樹，因為外殼上有一圈綠色而得名。父親說這種增城掛綠荔枝十分美味，也十分名貴。可能不容易買得到，所以我也始終沒有嚐過。但是我卻永遠記得父親親口教我吟誦的蘇東坡名句：「日啖荔枝三百顆，不妨長作嶺南人」，有時，也因此而隱隱不免因此而以身為嶺南人自傲（這可千萬不能讓我家那位閩南人知道，否則一定會被他嗤之以鼻）。

臺灣的氣候跟福建、廣東的沿海地區差不多，物產也幾乎完全一樣。但是不知道為甚麼，我們剛渡海過來的前十幾年，這裡出產的水果除了西瓜和鳳梨外，風味都不及閩粵所產的。番石榴硬得像石頭；葡萄酸得無法入口；荔枝、龍眼肉薄核大而不甜；柑橘類汁少味酸；當時，我們的確十分懷念故鄉的水果。然而，曾幾何時，在專家和果農的努力改良下，寶島上所出產的各種水果、蔬菜……都像脫胎換骨似地變得碩大、味甜、多汁，絕對不輸於我們記憶中的家鄉風味；而且年年盛產，遠銷海外，為國家爭取不少外匯，成為水果王國。當年抱怨「臺灣的水果不好吃」的人，如今可沒話說了吧？

我受了父親的影響，也很愛吃荔枝。自從近年每到夏天都可以大啖如此甜美多汁的丹荔，飽飫口福之餘，心中總是充滿了感激之情，感謝上天對寶島居民的眷顧與垂愛，使我們能過著這麼幸福而豐盈的歲月。同時，每吃荔枝，便會情不自禁地想起了已經長眠在香港基督教墳場中十六年的父親，還有家鄉荔枝灣畔結實纍纍、滿枝紅豔的荔枝林。那曾經是我兒時嬉遊之地的荔枝灣，在經歷了三十四年的浩劫後，如今又是變成甚麼樣子呢？

民國七十二年《中央日報・晨鐘》

話說我舊時裳

不知怎的，我老是忘不了三十年前的一件小得不能再小的事。那時我們住在一幢老舊的日式公共宿舍裡，一家只分配到一間四疊或者六疊的房間，物質生活十分貧乏。還好那時大家都非常年輕，幾乎還不識愁滋味，整天嘻嘻哈哈的，倒也過得相當快樂。

有一天，住在我隔壁的好友芝做了一套新衣服，因為她家裡只有一面小圓鏡，無法照到全身，就走到我的房間裡，借我那面大約相當於十六開報紙大小的鏡子來觀察她的新裝。那個年頭，市面根本買不到成衣，布料的種類也有限，記得我有一次買了一塊白底紫色圖案的府綢，看起來質料蠻不錯的，可是只洗一次水就褪色褪得一塌糊塗。總之，那時做衣服簡直是一件大事，芝的經濟情形並不比別人好，她縫製這套衣服可算是大手筆大概也是得來不易的。

至今我還清楚地記得：那是一件短背心和一條斜裙，是一種墨綠色的薄呢之類，背心裡面好像配的是白襯衫吧？當她站在我那面鏡子前面，前後左右地審視自己的身影，顧盼生姿時，真是看得我一楞一楞的，因為在那個時代，還不流行穿洋裝，洋裁店也很少。乏如此的得風氣之先，真使我羨慕不已。

記得我好像從小學開始就穿旗袍了，那時的女學生制服也是旗袍，或者是旗袍式短衫配裙子（西化的香文學校女生到現在還是穿這種制服），成人以後更不曾夢想過能夠返「老」還童穿洋裝。想不到時代不同，觀念轉變，遷臺以後數年，此間的婦女也漸漸開始以洋代替旗袍，於是，我在行年三十之際跟一位同事一起去剪了一塊白底藍花的布料，兩個人都做了二件當時流行的斜裙洋裝，也擁有了我成年以後的第一件洋裝，穿起來不禁有點飄飄然，自覺年輕了十歲，彷彿又回到少女時代。當時又怎想得到，十年之後，成衣充斥市面，價錢也越來越便宜，不但每個婦女的衣櫥都泛濫成災，而且祖母級的女士們照樣也可以穿洋裝，絕對不會被人譏笑老來俏。今日臺灣的婦女如此幸福，又豈是始料所能及的？

今天五六十歲的人，大都在童年享受過一段幸福的太平歲月，到了少年及青年期不幸便遭遇到抗日和剿匪兩場戰爭，嘗盡了顛沛流離之苦，如花的少艾年華都在逃亡中渡過，求得飽暖便很不錯，又那有餘錢和閒情去裝扮自己呢？還好那時風氣淳樸，不論老少，穿著一襲藍色陰丹士林旗袍，就可以出入正式場合而無愧色，不像今天工業社會的滿腦子虛榮，一般的觀念都只重衣冠不重人。

說到穿衣，還有很多難忘的往事：譬如上大學時我老是得撿母親的舊旗袍來穿打扮得像個小老太婆。抗戰最後一年逃難在川黔路上，一位從香港來的美麗少婦因急需以極低廉的價錢要出賣一件紫紅色薄呢的短外套；她出身豪門，那件西裝式的外套無論質料和手工都相當講究，還是舶來品哩！我跟這位少婦有一面之緣，她的臉蛋完美得就像圖畫中的聖母瑪麗。不幸，紅顏薄命所適非人，不久之後就聽說她得病去世了，這是題外的話。當時因為我認識她的一位朋友，而身材，又跟她接近，因而得以優先購得。現在想起來，那件外套即使在今天穿著仍然一樣流行，也仍然很出色。可惜那時少年無知，不懂得維護，加以在逃難中穿著，自然容易耗損，穿舊以後的下場如何，如今已不復記憶了。

復員以後，瘡痍未復，百廢待興，大家的物質生活還都十分貧乏，兵燹餘生，幾已身無長物。勝利還鄉時，路過桂林，在市集中買了一件黑底彩花的織錦緞駝絨夾袍，便成為我以後幾年在冬季裡唯一一件禦寒的衣服。回到家鄉，穿出來亮相時，還羨煞不少女伴哩！

從三十五年到三十八年，大家在喘息方定，整理家園之餘，也漸漸想到要美化自已的外表，也就開始注重衣著起來。新婚不久，外子因公常往香港，每次都給我帶回一件衣料或者毛衣之類，其中有一件前身是紅色麂皮綴以金色鈕扣，後身和袖子是米色毛線織成的外套，非常好看，穿著上街，常會引人注目。來到臺灣以後，這件外套也曾經風光過一陣子；但是，當它報廢了以後，我卻已沒有能力再買一件出客的外套了。當然，那時也不容易買得到。有一次因為有同事要結婚，我和幾個女同事都在發愁沒有漂亮衣服可穿去吃喜酒，結果，大夥兒都丟借支半個月薪水，然後一起到委託行去選購。我買的是一件暗紅色羊毛外套，配了一件淺藍色的旗袍，就是我赴宴的「華服」了。那件羊毛外套的價錢是那麼貴，同樣的價錢現在幾乎也可以買到一件開絲米龍貨了。現在在穿的方面是那麼便宜，貨色又那麼多，又怎怪每個婦女的衣櫥中都塞滿了花花綠綠的衣裳呢？

比起一般具有「購物狂」的女性，我已算是相當能夠克制自已的購買慾的人。然而，我仍然擁有兩個衣櫥、三個大抽屜，再加一個大衣箱的衣服；而且還時時為了「少一件」而煩惱，永遠不滿足，走到街上，還是敵不過櫥窗中所陳列的衣飾的誘惑而駐足而解囊。事實上，不但女性如此，男人在這種優裕的大環境中，也很難把持得住，一般自已有收入的青年，還不是天天襯衫、運動衫、鞋子、領帶的亂買一通嗎？因為實在太便宜了，似乎不買白不買。可惜，買得太多了，穿也穿不完；而且便宜的往往無好貨，有很多衣服買回來穿一兩次便看不順眼，不久就淪為廢物。

近十年來，我每年都清理衣箱兩次，夏天一次，冬天一次，把一些縮水變小的、穿舊的、式樣過時的、不愛穿的清出來，捐贈給山胞，一方面淘汰舊的，一方面也幫助了別人，算是一舉兩得。每當看到自已居然擁有這麼多衣服，就會想起來臺初期所過一簞食一瓢飲的生活而感到漸愧，甚至有點罪惡感，我是否太過奢侈浪費呢？

我們今日的環境太優裕了，人人也都習慣了這種豐衣足食的優遊歲月而忘記了以前的艱苦，年輕一代更是完全不知道稼穡的艱難。其實，朱子《治家格言》中所說的：「一粥一飯，當思來處不易；半絲半縷，恆念物力維艱」，雖然經過了數百年，到現在還是不易的真理，只不知做父母做師長的人有沒有用來教誨他們的兒女和子弟？

從三十年前的物質困難到今天家家小康的局面，是我們全國上下，同心協力奮鬥得來的成果，我們必須珍惜它，維護它，才能永遠享有這分福祉。光從穿衣一項而言，想想三十年前那種一衣難求的苦況，恐怕沒有人願意再過吧？

民國七十二年《中央日報・晨鐘》

沒齒難忘仇和恨

多少年來，我常常都這樣想：假使沒有那八年的抗日戰爭，今日的我將是一個甚麼樣的人呢？少年時代在八年中一次又一次的逃亡，完全改寫了我個人的歷史，每一念及，我就會對那些窮兵黷武、侵略成性的日本軍閥恨得咬牙切齒。

以我少年時代的勤學、好學和優異的學業成績，父親本來是要好好地栽培我，準備在我大學畢業後送我出國深造的。但是，日寇所點燃的戰火，一次又一次的摧毀了我們的家鄉以及所居住的城市，使得我們一家嚐盡了顛沛流離的滋味，也使得我一再失學，幾乎每一個階段的學業都無法完成，更談甚麼出國深造呢？假使沒有這場戰事，而我又順利出國了，今日的我當然不是這個樣子，所以我說那八年殘酷而連綿不斷的戰爭改寫了我個人的歷史。

八年之中，雖然因為我們逃得快而不曾跟敵人作正面的接觸，也沒有在逃難中受傷？似乎所受的禍害不大；然而，背井離鄉、傾家蕩產、失業失學、到處逃亡，這樣還不夠苦麼？這又是誰的賜予？

盧溝橋事變之前，我們一家住在家鄉廣州過著寧靜而幸福的歲月，安享太平盛世的福祉，而我，還是個不識愁滋味的少年。炮聲一響，馬上驚破了無數人的美夢，大家都栖栖惶惶有如喪家之犬。不久，廣州更遭到空襲的悲慘命運，炮彈日夜從頭上呼嘯而過，有的更在住所附近開了花。從此，快樂的童年結束了，也揭開了我們一家逃難的序幕。父母親攜家帶眷，歷盡艱辛的把我們帶到香港，想苟安海隅。可惜，香港並不是個理想的避秦的桃花源，四年半之後，也遭遇到同一的噩運。

我們一家到了香港不久，廣州便倫陷於敵手。接著，更傳來了一個令人髮指的不幸消息：我的一個堂姊因來不及逃出，竟被數名日軍輪暴了。她雖然沒有死，但是卻因此而導政以後結婚永遠不能生育。這是我第一次直接聽到自已親人遭遇到日軍的凌辱，在小小的心靈上也因此而蒙上了一層陰影。

逃難到香港，苟安海隅的生活並不好過。一家人侷促在一層小小的樓房，父親的收入沒有以前寬裕，我和弟弟妹妹都暫時失學，加上堂姊的慘遇，那時我就種下了仇視日人的心理。後來復學以後，由於國內戰事日益慘烈，我有好些同學都隨同她們的兄姊到內地去參加神聖的抗戰行列；我也是熱血沸騰，恨不得也去請纓殺敵。可惜一則自已是長女，上面沒有兄姊可以仗仰，二則生性柔弱，勇氣不足，始終下不起決心離開香港的家，終於又碰上了珍珠港事變。

那個時代的日本軍隊，簡直已像一條瘋狗，把半個中國大陸佔領之後，還想席捲太平洋所有的島嶼。珍珠港事變發生的次日，香港就遭到轟炸，可憐我們驚魂未定，又再一次在槍林彈雨中逃命。既要天天拖著一群孩子跑空襲警報，又得為一家人的糧食操心（戰事一起，就買不到糧食），雙親一定為此而愁白了頭，多可憐的亂世人啊！這又是誰的賜予？淪陷後的香港更變成了鬼域的世界：糧食不繼，盜竊橫行。最恐怖的還是日軍挨家挨戶的要「花姑娘」，真是把那些有年輕婦女的人家嚇破了膽。每天，都會聽說某一個地區某一條街道的若干婦女遭了殃，簡直令人談虎色變。許多人家的少婦少女都用爐灰把臉塗黑，想冒充老婦，盼能倖免，但是聽說即使老婦也難逃厄運，這就更加證明日軍的獸行令人髮指了。

有一次有一個日本軍官走到我們家門口，敲開了大門。幸好母親和我們姊妹都在後面房間裡，而那名日軍也沒有走進來，只是嘰哩咕嚕地不知說些甚麼。父親又急又怕，只好按捺著滿腔怒火，陪著笑臉，連連鞠躬，把敵人送走。大門關上之後，除了無知的小弟小妹外，每個人都嚇得臉色發白，冷汗淋漓，彷彿是從地獄的邊沿撿回一條小命。

說到向日軍鞠躬這件屈辱的事，不久之後我們又遭遇到一次。因為香港實在待不下去了，父親便帶著二家人逃到澳門，再從澳門經中山縣的石岐等地轉往自由地區。經過石岐的日軍關卡時，幾個兇神惡煞般的日軍守在那裡。不但要搜查行李，還作威作福的勒令每個經過的老百姓要向他們鞠躬行禮。面對敵人，雖然恨得牙癢癢的巴不得食其肉而寢其皮；然而為了保存性命，也只好委屈求全，面無表情，內心卻燃燒著熊熊的怒火，勉強向那幾個人面獸心的傢伙胡亂地鞠了一躬。最氣人的是，我那個當年才不過六七歲年紀的小弟弟，童子無知，偏偏也要模仿大人，向那些獸兵鞠躬，更增加了我們一份屈辱的感受。多年後想起來，還覺得猶有餘恨。

鞠過躬以後，日軍還要搜查行李。我一個小皮箱裡幾件心愛的裝飾品，還有一條我自己刺繡的麻布桌巾，平白地被搜了去，使我痛心了許久。

日軍侵華，完全是盜匪行為，除了慘無人道的集體屠殺、姦淫、放火、劫掠外，對中國老百姓的一切所有物，更是予取予攜。據說：金錢、首飾、手錶、鋼筆等，是他們所最熱衷的；其他的東西，只要是他們看上眼的，也絕對不會放過。試想這種形同土匪和海盜的民族又怎成得了大事？後來他們雖然席捲了東南亞各國，鐵蹄遠達南太平洋，但畢竟已是強弩之末；我相信，即使沒有那兩顆原子彈，他們也必敗於那漫無紀律的軍隊的。

日軍當年的一頁侵華史，完全是用中國人的鮮血寫成的，凡是親身經歷過的人都是活的證人，他們的暴行和獸行，又豈是竄改教科書所能抹煞？為了抗議日本文部省歪曲歷史、掩飾暴行的企圖，近日香港和南韓的民眾都有行動表示，而我們反而顯得寬宏大量得多，難道已忘記了當年的血海深仇？於我而言，那場慘酷的戰爭，使得我在少年時代飽受顛沛流離之苦，無法完成學業，也因此而改變了個人的歷史，此仇此恨，是沒齒難忘的。為了表示我們的憤怒，為了維護我們的民族自尊，我相信：抵制日貨，不說日本話，不唱日本歌，該是起碼可以做得到的舉動吧？

民國七十一年《青年戰士報》

吾不如老圃

我承認我是一個居住在象牙塔裡的都市土包子，難得到農村去親近泥土一次。雖然還不至於指鹿為馬，但也的確黍麥不分、葱韮莫辨，經常鬧出笑話。上月底，承省農林廳的招待，得以與臺灣省文藝協會諸文友到彰化、雲林各地作了一次兩日的農業建設參觀，對園藝、果菜、電氣屠宰、畜牧方面獲得了不少常識，但覺茅塞頓開；同時也不免慨嘆自己一介書生，不如老圃。

在兩日的行程中，我最感興越的是看花。一踏入彰化田尾鄉的公路花園，就如同進入眾香國裡的山陰道上，令人眼花撩亂，目不暇給。繽紛燦爛的的九重葛、爬滿了屋頂而怒放的爆仗花、嫣紅姹紫的各色盆花、巧奪天工的盆景、修剪有緻的樹木……。一切一切都琳瑯滿目，美不勝收，為之徘徊不忍遽去。這樣的一個觀光好去處，可惜名不見經傳，應該大事宣傳才對。

半夜起床參觀電氣屠宰，對我們而言都是一次新奇而刺激的經驗。想像中的屠宰場是充滿了畜類的哀嚎聲和腥臭而又血淋淋的；但是在雲林縣肉品市場裡，卻看不到這種可怕的景象。在科學化的一貫作業處理下，一隻隻白白淨淨的肥猪，從電昏、刺血、燙毛到剖腹，前後不過二十分鐘，乾淨利落、迅速衛生。我雖然多少帶著點婦人之仁，此時此地卻沒有聞其聲不忍食其肉的感覺。我不明白為甚麼還有人非吃那些從舊式屠宰場出來的溫體猪不可？電氣屠宰，象徵著社會的文明與進步，聽說現在本省已完成了八處新型屠宰場以後還要推廣到全省，這真是一個令人興奮的好消息。

這次行程中的第三個節目是參觀蔬菜生產與專業區和果菜市場作業情形。在彰化溪湖的公路兩旁，我們看到了一望無際的菜畦，種植著碩大無比的高麗菜和菜花、肥壯的大芥菜、開著黃花的油菜……，還有長滿了雅淡小花的豌豆，景色既美麗而又壯觀眼界為之大開。在菜畦旁邊，我向同行的農林廳高級職員請教有關農藥的問題。他們肯定地說，農藥是沒有任何氣味的。平日，我在炒蔬菜時，常會發現一股藥味，就以為是農藥。既然農藥沒有氣味，那麼那些藥味又是甚麼呢？但願有人能替我解開這個疑團。

溪湖的果菜市場面積龐大，佔地數千坪，是生產地大宗蔬菜交易散集市場，中部菜農的產品，都經由這個市場出售。這個地區蔬菜的日產量多達七百噸，光是臺北市就銷去了五百噸，這個數目相當驚人。聽說蔬菜也有外銷港、日、星的，不過數量不太多。

彰化市的銀行山有一處乳牛專業區，一個矮矮的山坡上零星地散佈著十四戶酪農戶。在牛欄中悠閒地低頭嚼食著牧草、毛色黑白交錯、龐然大物的荷蘭種乳牛，還有可愛的小牛，又都令得我這個都市土包子感到新奇。有一家酪農準備娶親，三層洋房樓下的客廳佈置得美侖美奐，落地電視機、籐沙發，一切的享受都不輸大都市中等人家。

省農會酪農鮮乳加工廠的產品是我們所熟悉的。瓶裝的滅菌鮮乳就是我們經常飲用的保久乳，風味極佳。鷹牌煉乳是跟英國的雀巢公司合作的，似曾相識的外形，又濃又甜的滋味，使我想起了童年的許多往事。

兩日加上半個晚上的參觀，雖然是走馬看花；但是對一個農事完全陌生的我而言，已經是認識很多，獲益很多。我覺得我們這一行從事寫作的人實在應該多多出去看看，以擴展自己的知識領域，這樣才不至坐井觀天。感謝省農林廳給予我們這個寶貴的機會，否則的話，我們又怎會在半夜裡爬起來到電動屠宰場去瞭解他們的作業？而肥碩的荷蘭乳牛也只能夠在電影或圖畫中看得到了。

民國七十年《自由報》

刮目看香江

經過了三年零十個月，我又再次到香港探親。才走下飛機，我就體驗到「士別三日，刮目相看」這句話也可以應用到一座城市上面。首先是坐在關卡裡面檢驗旅客證件的機場職員懂得用國語向臺灣客問話了（聽說近年香港人對學習國語頗為熱中），態度也比較禮貌。然後我又發現啟德機場大廈裝修得比以前美觀得多。當然，每一座城市的機場就是它的客廳，怎能不力求留給訪客一個良好的印象呢？還有一項值得我們中正機場向它看齊的措施就是，在領取行李的地方設有好幾具免費電話，使那些剛入境的旅客，在身上還沒有換到當地的輔幣時也得以打電話通知親友，可說為旅客設想得十分週到。

可惜，香港的機場汽車太難等了。這種機場汽車訂有劃一的價錢，憑票上車，可免受「的士」（計程車）的亂敲竹槓。然而由於市區交通的壅塞，雖然擁有車輛上百，遇到班機降落，入境旅客眾多時，竟要鵠立一小時才輪得到，這就使人對這機場的好感削減大半以上。

另外一件使我刮目相看的是：香港的市容比以前美化了。我這句話並非指它的高樓又多蓋了多少幢，而是馬路兩旁和山路上的樹木似乎增多了，街道也變得整潔了。原來，香港政府正在推行清潔香港運動；大量的植樹；新闢的馬路都設有供行人憩息的小公園；到處都張貼著呼籲港人要共同維護環境清潔的標語。看來，香港政府倒真的有決心把這個東方之珠維護得名副其實的。

綠化市區、清潔環境是門面工作，同時，香港政府也沒有忘記要提升市民精神生活的內涵。從前，香港是一片文化沙漠，人們看到的是似通非通的港式中文，聽到的是買辦式的英語；但是這些年來，這些情形已在改善。港方把中文規定為正式官方文字之後，又成立了專門處理中文的中文事務官署，任用了一批年輕的、中文程度高的大學畢業生來從事改革的工作；所以，今日香港的官方中文已經很少鬧出「如要下車，乃可在此」以及「此處不可企立」等令人噴飯的句子了。

過去，我非常羡慕香港一年一度的藝術節，使得居民有機會欣賞世界一流的藝術演出。如今，我們雖然也有藝術節，但是總覺得水準似乎比不上香港，而聽眾的素質也不如人。這次，我有機會聆聽到香港巴赫合唱團與香港室樂團共同演奏的巴赫音樂會三首清唱曲、一首風琴協奏曲、一首大鍵琴獨奏、一首小提琴四重奏，演奏者大多數是西方人，水準頗高。聽眾雖然只有七成左右，然而該鼓掌的時候鼓掌，該肅靜的時候肅靜，顯得較有修養。門票極便宜，從五元一張到二十元一張，比我們這邊便宜了三分之一，那是因為市政局主辦之故。要提升市民生活素質，要藝術走入家庭，政府就得花點錢，對不對？

目前，香港的市政局正在不遺餘力地積極提倡各種藝術活動，除了經常邀請國際知名的音樂家、舞蹈家、劇團等在大會堂演出外；還致力於推廣視覺藝術長期舉行各種藝術展覽。

看到了這個被異國統治的殖民地而有這麼許多的文化活動，再看看我們自己，不禁感到絲絲慚愧。我們是中華傳統文化的保存者，我們有的是人才；可是，為甚麼大多數人都只知致力於爭取物質的享受，很少人想到要充實自己的精神生活呢？從前，我們的連續劇曾經風靡了香港的觀眾；如今，為了港劇《楚留香》的問題，竟鬧得滿城風雨。又怎不令人興起了「此一時，彼一時」、「十年河東，十年河西」之嘆？

在香港的街道上，到處可以看到「請僱用傷殘人士」的標語；在渡輪、電車和巴士上，也可以看到「請讓座傷殘人士」的字句。起初，我很為香港人的具有愛心而感動，後來才想到那可能因為去年是國際殘障年的關係。否則，港府如真有愛心，又怎麼會那麼狠心地把一批從大陸冒死逃出來的難胞又遣送回去呢？

香港政府致力於精神和物質兩方面的建設，提倡文化、藝術；開闢公園、廣植樹木；建造地下鐵路和高速公路；同時，香港的居民也很努力於增強個人的體魄、維護自己的健康。在半山區，每天清晨都可以看到許多人穿著輕裝便鞋一步步爬上山頂，路旁的小公園也有很多人在做早操或者打太極拳。而這些又大多數都是年邁的人，足見運動並不單只是年輕人的事。

一別四年，我覺得香港的面貌變得最大的還是它的郊區。往昔，新界的那些衛星城市如沙田、青山、元朗等地，多少都帶有點鄉村色彩；如今卻是二三十層的大廈連雲起，百貨公司、超級市場、時裝店、茶樓、餐室更是五步一樓、十步一閣，再也找不到一絲田園風貌。

不過，這並不意味整個港九地區已經全面現代化。我在族港期間曾經到過新界西南方一個名叫馬灣的小島遊覽。此地不但建設落後，蒼繩撲面，只見街道上兩旁的商店和住戶幾乎家家都在打麻將，大開四健會，劈啪之聲不絕。難道那些人在大白天裡全都無所事事，游手好閒？這種怪現象，真是令我驚訝不已。光只是這一點瑕疵，就足以把港府苦心經營的種種精神建設破壞淨盡，不過一般觀光客很少有機會看到這一方面罷了。

香港社會近年來似乎在很多方面都受到一些外來力量的影響。譬如說：來自臺灣的觀光客使得他們的舶來品、首飾、藥品等銷路大增，而那些從大陸逃出來的「大陸仔」，由於無以為生往往鋌而走險，又增加了治安上的不靖，另外，因為一些中上家庭還保留著僱用女傭的習慣，而香港女傭的工資太高，不知是誰想到可利用菲律賓廉價的人工而開始僱用菲女來操作家務。此風一開，群起效尤，使得許多菲婦菲女拋夫別子、離開父母到香港淘金去。如今，這批菲律賓女傭已成為香港一股為數不少的少數民族，每逢假日，就會看到成群結隊、打扮得花枝招展、深眼褐膚的少婦出現在各處的公共場所，這就是港人口中的「賓妹」（菲女）。

據說，僱用「賓妹」要負擔來回機票，要訂合約，星期假日還要放假給她們；但是，需要用人而又能說幾句洋涇濱的家庭還是樂於僱用。無他賓低廉之故也。聽說僱用一個本地女傭，每月非兩千元不可；「賓妹」則只要一千兩百元，加上機票，還是比較划得來，所以大受歡迎。在美國南北戰爭以前，白種人以黑種人為奴；近百年來，旅居東方的外國人也都僱中國人作廚子、老媽子和小廝。現在，住在香港的中國人僱用菲律賓婦女為女僕了；風水輪流轉，也算是替咱們華夏子孫出一口氣吧？

香港這個蕞爾小島，我在少年時代曾居住了五年之久。那時，我因為曾經目睹當地華警作威作福、欺壓良民，而港人的勢利眼及人情澆薄也是世所周知，因此而義憤填膺，對這塊殖民地痛恨入骨，私下稱之為臭港。二十多年之後，卻因鐵幕深垂，有家歸不得，只好把思鄉之情灌注在這個住有我的家人、說我的母語的小島上，而漸漸對它有點依戀。何況，有了戰後二三十年的安定，在衣食足而知榮辱的原則下，多數香港人也漸漸變得文質彬彬而有禮貌了。

從尖咀碼頭眺望港島，一座美侖美奐的摩天樓矗立在山上和海邊，白天的香港像是一座從海中升起來的美麗城市；晚上，又像是用彩色珠寶鑲成的小山。中環兵頭花園附近的一些歐式古舊建築物使人興起了懷古的幽情；山區上的參天古木和開滿了紅花或黃花的樹（很像是我們的鳳凰木），又使得這個城市像個大花園。假使不去看貧窮的木屋區和髒亂的小街窄巷；沒有無法無天的搶劫；沒有塞車（交通阻塞）和到處洶湧的人潮；這個充滿異國情調而又保存了若干中國傳統的都市似乎是個可愛而又好玩的地方。只可惜，不知道它還有沒有明天？

民國七十一年《青年戰士報》

初夏在南臺灣

月下湖畔

那真可以說得上是有以生來所遇過少數富有詩意的夜晚之一。當西天還殘存著橘色、褐色和深紅的雲霞，而一輪渾圓的、不透明的黃色月亮又已從樹梢升上紫色的天幕時，我和女友三人沿著澄清湖畔漫步。才不過是五月初，南臺灣的黃昏便已燠熱有如盛夏，微風不生。雖則如此，幽暗的湖面倒也沒有波平如鏡，因為湖水太渾濁了。

遊人並不多，可惜時有機車呼嘯而過，破壞了湖畔的寧靜，也掩蓋了草叢中的唧唧蟲鳴。我們起初是兩人一組的一邊走一邊喁喁談心。當月亮升高了一些之後，不知是誰忽然低低地哼起了〈Moonlight on the River Colorado〉的片段，馬上便有人和了起來，然後馬上又變成了合唱。雖然這裡是澄清湖而非美國的哥羅拉多河；然而，同時有月有水，又管它是那裡呢？我很久沒有開口唱歌了，尤其是不敢在人前唱。而現在暮色已合，黑暗正好遮掩了我的羞怯，也就居然跟著大家一起唱了起來，而且還唱得意外的好。

一曲告終，大家的歌興不禁都激揚了起來。再唱下去！我們走到湖畔一處有鐵欄干的地方憑欄而立，面對湖水，又再一首接一首的唱了起來。當然，這要找大家共同會唱的。因為憑欄，就想到了〈滿江紅〉；唱了〈滿江紅〉，又連想到其他的愛國歌曲，於是，〈梅花〉、〈中華民國頌〉、〈國旗歌〉，還有一些依稀記得的抗戰歌曲也琅琅上了口。後來，又有人唱出兒時唱過的幼稚園歌，大家也都咿咿啊啊，斷斷續續地跟著唱。四個人之中，三個是祖母級，最年輕的，也已做了泰水。而今夜竟能如此返老還童，到底是月夜還是湖水的力量使得我們活潑起來呢？

Y有一副金嗓子，音色寬厚而帶磁性，而且她體型高大，若果加以訓練，當是一位出色的女中音，可惜她從來沒有受過聲樂的訓練。雖則如此，我本來不愛聽的黃梅調，出自她的口中，還是非常悅耳的。她，是我今夜這個小小「合唱園」的主唱。

當我唱得喉嚨發啞，雙腳站得發痠時，湖面開始漾起了粼粼金波，夜涼也漸漸侵袂。快到中天的圓月變小，也變成了透明的羊脂玉；四野已經無人，似乎不能再詩意下去。我們緩緩地踏著月色歸去，還有人仍然低低地哼著「Over the summer sea, with light hearts gay and free……」，似乎意猶未盡。

多彩的亞熱帶情調

遊覽車從高速公路駛入高雄市區後，我的目光立刻就被馬路兩旁開著紫花的行道樹攫住。樹的本身沒有甚麼特色；但是，由於那一簇簇盛開的紫蘿蘭色的花朵，就使得這條馬路非常美麗了。問遍了人，都不知道那是甚麼樹，想來當是南臺灣的特產之一。

久聞鳳凰木開花之美，這次南遊，很幸運地在佛光山上得以飽覽鳳凰木的丰姿。臺北市也偶有鳳凰木？我也曾看過盛開的花樹，不過，那只是遠觀，我就一直以為鳳凰木的花果是小小的。在佛光山上的道旁，有一棵巨大的鳳凰木從山坡下伸上來，遊客伸手就可碰到盛開的花朵，可把我樂壞了。原來，鳳凰木的花朵並不小五瓣，有著長長的花蕊，形狀像極了蝴蝶蘭，而這些紅色的小蝴蝶蘭，又比真的紫色蝴蝶蘭可愛得多，這回，可讓我看個仔細了。不過，話又說回來，花雖美，單獨一朵時那比得上盛開時的滿樹紅霞呢？所以，我還是寧願遠觀的；滿樹橘紅的花菜配著嫩綠的葉子，可說是艷而不俗。

紫花的樹、鳳凰木，還有那種葉子形如蝴蝶、開著白底紅點花菜的羊蹄甲，都是南臺灣常見的花樹。加上樹葉像羽毛的檳榔樹、葉子像葵扇的椰子樹、結實纍纍的芒果樹，以及庭院中開得遠比北部燦爛的各色花卉；還有路旁水果攤上彩色雜陳的西瓜、木瓜、鳳梨、蘋果、蓮霧、香蕉、芭樂、李子，簡直把南臺灣裝扮得花團錦簇。雖然如火的驕陽把人烤炙得相當難受，然而，它那五彩繽紛的亞熱帶情調，還是使得我為之目眩神搖。

民國七十一年《中央日報・晨鐘》

農家樂

車子駛進山路不久，我們就看到路旁結實纍纍的龍眼樹林，一串串黃褐色渾圓的果實在茂密的綠葉之間掛滿枝頭，使得那些枝椏都有些不勝負荷而低垂著。想到果殼裡面透明有如羊脂玉、甜美多汁的果肉，我們那由於天氣酷熱而乾涸的口腔不由得為之生津。

下了車，走進一條潔淨的柏油小路，有人就迫不及待地伸手想採擷路旁龍眼樹上的果實，枝頭的龍眼卻總是跟行人的指觸有點距離，想摘果的人就非得踮起腳跟不可。「危險啊！不急嘛！等一下就有得吃的。」領隊連忙阻止這位嘴饞的隊員。

沿著柏油路前行數百步，一幢院落寬廣的三合院建築物呈在眼前，這就是農發會安排中國婦女寫作協會同人前來參觀，位於臺中縣霧峯鄉的古姓農家，主人是一位只二三十歲的青年農友古勝潭。我們浩浩蕩蕩的一群人走進院子，主人早已在院中那棵碩大無比、已有六十年樹齡的龍眼樹下擺好了桌椅，準備好飲料招待我們。不一會兒，還抬出兩大籮筐新從樹上摘下來的龍眼給我們嘗鮮。我們這群都市土包子大概很少有過這種經驗吧？大家也都毫不客氣的開懷大嚼起來，果然顆顆都味甜多汁，風味與水果攤上買來的迥異。樹上吊著幾個鳥籠，其中一隻八哥，看見了這麼多的人，就啷啷聒聒地在學舌。

古農友的雙親、妻子和孩子也都大大方方、熱熱絡絡地出來接待我們這群行業跟他們完全沒有關聯的人。古農友口才很好，在眾多的陌生婦女面前，居然能夠毫不怯場、滔滔不絕地報告他創業的經過。老先生和老太太都是慈祥和藹的長者，其實，他們並不太老，年齡可能是在六十幾到七十之間，只是早年艱辛的歲月以及在戶外勞動的關係，臉上不免佈滿風霜罷了。

我用外子的家鄉話閩南語跟古老太太閒話了一陣家常。她告訴我：她有四個兒子、四個女兒；大兒子經商，住在高雄；老二、老四從事別的行業；女兒也都全出嫁了；只有老么勝潭繼承祖業——種植荔枝、龍眼和養鷄。由於人手不足，農忙的時候還得到外面去僱請臨時工來幫忙哩！到了那時，她婆媳倆就得每天準備十幾名工人的伙食，也很艱苦啊！

我看了一眼那長得嬌小玲瓏，打扮得跟都市少婦毫無異致的媳婦，不由得深深佩服她的能幹與克苦耐勞。那些在家中茶來伸手、飯來張口、嬌生慣養的都市小姐太太們，跟她比起來能不愧煞？

在初秋的艷陽下，那幢黃瓦白牆U字形的三合院古厝看來閃閃生光。一位青年正站在梯子上粉刷牆壁，其實，這裡沒有都市的種種汙染，古家的牆壁還挺新的。

我們進屋子去參觀。客廳裡鋪著塑膠地磚，收拾得一塵不染。樸素大方的沙發、電視機，佈置得整然有序。臥室裡擺著新式的床；浴室裡成套的衛生設備；廚房中，電冰箱、瓦斯爐全都不缺。我稱讚古老太太好福氣，也稱讚她家的美觀整齊；但是她卻一再謙虛地說算不了甚麼。

打從我走進這有著寬廣的院落、體面的房舍、老幼三代都健康和樂的農家開始？我就對他們的生活有點羨慕，而興起了「吾不如老圃」之感。可不是，他們居住在塵囂不到的山村裡，但是卻不會與世隔絕，除了有郵電、電話可以跟外面溝通外，又有報紙和電視使他倆得以知道世事；此外半個鐘頭的車程就可以到達臺中市。我們若非為了稻粱謀，又何必往大都市裡擠呢？像這一家果農，住在山林中而能享受到一切現代化的設備；雖然須要胼手胝足的工作，但是他們已獲得了應得的報酬，過著富裕的生活。儘管今天已是二十世紀八十年代，然而，這個自由寶島上的農家，仍可以像葛天氏之民那樣過著無憂無慮的歲月，我們這些必須絞盡腦汁從事筆耕的文人又那有他們幸福？

一定是這裡寧靜平和的農家生活深深地吸引了我們每一個人，儘管炙熱的秋陽晒得皮膚發燙，大家還是紛紛在院落中的花樹前拍了一張又一張的照片，也紛紛的跟笑容可掬的老太太合照。這兩位老人家的淳樸與親切，令人感到依依不捨，他們的古風，在如今的大都市中似乎已不多見。

該是賦歸的時候了，老太太很洋派地跟我們一一握手道別；老先生、抱著孩子的小媳婦也站在大門口向我們揮手致意。年輕的古農友又抬了一大籮筐龍眼到車上，說是給我們在旅遊途中「吃著玩」，盛情令人感動。

多可愛的農家！收穫多麼豐盛的一次訪問！對我這個難得下鄉一次、長年窩在都市中的人，親眼看了這幅美好的「農家樂」畫面，我想說的還是「吾不如老圃」，「寧為老圃」。

民國七十二年《中央日報・晨鐘》

畢璞全集・散文03　PG1261

春花與春樹

作　　者　畢　璞
責任編輯　陳佳怡
圖文排版　周妤靜
封面設計　楊廣榕

出版策劃　釀出版
製作發行　秀威資訊科技股份有限公司
114 台北市內湖區瑞光路76巷65號1樓
電話：+886-2-2796-3638　傳真：+886-2-2796-1377
服務信箱：service@showwe.com.tw
http://www.showwe.com.tw
郵政劃撥　19563868　戶名：秀威資訊科技股份有限公司
展售門市　國家書店【松江門市】
104 台北市中山區松江路209號1樓
電話：+886-2-2518-0207　傳真：+886-2-2518-0778
網路訂購　秀威網路書店：http://www.bodbooks.com.tw
國家網路書店：http://www.govbooks.com.tw
法律顧問　毛國樑　律師
總 經 銷　聯合發行股份有限公司
231新北市新店區寶橋路235巷6弄6號4F
電話：+886-2-2917-8022　傳真：+886-2-2915-6275

出版日期　2015年1月　BOD一版
定　　價　340元

Printed in Taiwan

國家圖書館出版品預行編目

春花與春樹 / 畢璞著. -- 一版. -- 臺北市 : 釀出版,
2015.01
面； 公分. -- (畢璞全集. 散文 ; 3)
BOD版
ISBN 978-986-5696-68-9 (平裝)

855 103025851

讀者回函卡

感謝您購買本書，為提升服務品質，請填妥以下資料，將讀者回函卡直接寄回或傳真本公司，收到您的寶貴意見後，我們會收藏記錄及檢討，謝謝！如您需要了解本公司最新出版書目、購書優惠或企劃活動，歡迎您上網查詢或下載相關資料：http:// www.showwe.com.tw

您購買的書名：＿＿＿＿＿＿＿＿＿＿＿＿＿＿＿＿＿＿＿＿

出生日期：＿＿＿＿年＿＿＿＿月＿＿＿＿日

學歷：□高中（含）以下　□大專　□研究所（含）以上

職業：□製造業　□金融業　□資訊業　□軍警　□傳播業　□自由業

　　　□服務業　□公務員　□教職　□學生　□家管　□其它＿＿＿

購書地點：□網路書店　□實體書店　□書展　□郵購　□贈閱　□其他

您從何得知本書的消息？

□網路書店　□實體書店　□網路搜尋　□電子報　□書訊　□雜誌

□傳播媒體　□親友推薦　□網站推薦　□部落格　□其他＿＿＿＿

您對本書的評價：（請填代號　1.非常滿意　2.滿意　3.尚可　4.再改進）

封面設計＿＿　版面編排＿＿　內容＿＿　文／譯筆＿＿　價格＿＿

讀完書後您覺得：

□很有收穫　□有收穫　□收穫不多　□沒收穫

對我們的建議：＿＿＿＿＿＿＿＿＿＿＿＿＿＿＿＿＿＿＿＿

＿＿＿＿＿＿＿＿＿＿＿＿＿＿＿＿＿＿＿＿＿＿＿＿＿＿

＿＿＿＿＿＿＿＿＿＿＿＿＿＿＿＿＿＿＿＿＿＿＿＿＿＿

＿＿＿＿＿＿＿＿＿＿＿＿＿＿＿＿＿＿＿＿＿＿＿＿＿＿

請貼
郵票

11466
台北市內湖區瑞光路 76 巷 65 號 1 樓
秀威資訊科技股份有限公司 收
BOD 數位出版事業部

....

（請沿線對折寄回，謝謝！）

姓　　名：________________　年齡：________　性別：□女　□男

郵遞區號：□□□□□

地　　址：____

聯絡電話：（日）__________________（夜）__________________

E-mail：____